捡拾歲月

陈元邦 著

海峡出版发行集团 | 海峡文艺出版社

图书在版编目(CIP)数据

捡拾岁月/陈元邦著. —福州:海峡文艺出版社,2021.5
ISBN 978-7-5550-2633-4

Ⅰ.①捡… Ⅱ.①陈… Ⅲ.①散文集—中国—当代 Ⅳ.①I267

中国版本图书馆 CIP 数据核字(2021)第 093067 号

捡拾岁月

陈元邦 著

责任编辑	朱墨山
出版发行	海峡文艺出版社
经　　销	福建新华发行(集团)有限责任公司
社　　址	福州市东水路 76 号 14 层　　**邮编** 350001
发 行 部	0591—87536797
印　　刷	福州力人彩印有限公司　　**邮编** 350012
厂　　址	福州市晋安区新店镇健康村西庄 580 号 9 栋
开　　本	889 毫米×1194 毫米　1/32
字　　数	151 千字
印　　张	7.75
版　　次	2021 年 5 月第 1 版
印　　次	2021 年 5 月第 1 次印刷
书　　号	ISBN 978-7-5550-2633-4
定　　价	42.00 元

目录

行走拾遗

书斋捡括

行走拾遗

热腾腾的锅边糊

妻子出差，晚饭时电话询问："晚饭怎么吃啊?""我正在小吃店里吃锅边糊呢!"妻子听后，笑道："你就忘不了锅边糊。"

真忘不了锅边糊，更忘不了小时候用柴烧出的锅边糊。一碗锅边湖，不只是解决温饱问题，也不仅仅是美味。一碗锅边糊，有许多值得回味。

孩提时，吃一碗锅边糊，实在是有些奢望。节假日，母亲告诉我们，明天吃锅边糊吧！我们听了，乐开了怀。姐姐忙着淘米，洗净浸泡。谁去磨米浆，兄弟姐妹们争吵着。锅边糊好吃，浆难磨啊！有时，姐姐会自告奋勇。有时，兄弟姐妹们通过"锤子、剪刀、布"来决定人选。大家围在一起，猜着，乐着，虽然凭运气，倒也心服口服。"输"的人，老老实实地坐在石磨旁，一勺一勺地将米放进石磨的小洞口，手推着石磨。其实，兄弟姐妹们也在一旁帮着，帮助推磨，帮助勺米。浆在磨沿间溢出，顺着槽沟注入盆子，米浆，粘凋。用手拈了些米浆在手中碾着，米浆，细腻。

锅边糊有味，因汤鲜美。这汤，是用蚬子熬出的。早晨，母亲提着菜蓝到市场，买些蚬子，这蚬子，便宜。买回来后，把水烧开，蚬子在温火中慢慢熬着，汤色白透。之后，母亲将蚬子捞起，去壳留下蚬肉。

灶堂的火烧得正旺，锅里的水也烧得正沸。母亲先把切碎的香菇放进汤锅。之后，她用碗将米浆沿锅壁均匀地浇淋一圈，盖上锅盖，让蒸气将米浆蒸熟，揭开锅盖，用铲子沿锅壁将熟的米浆铲入锅中，米浆一片片的，在锅里翻腾着。母亲又沿着锅沿浇淋了一遍……反复操作，水中的糊片已经有了一定量了。母亲抓起一把虾米放进锅里，放些芹菜、白菜等，白色的汤中有了绿意，添了食欲。锅中的佐料，有山珍，有海味。它是众多福州小吃中的一员，有着福州饮食中汤汤水水的特点。

锅边糊起锅后，母亲吩咐姐姐，用碗盛上，给邻居送去。那时，住的不是单元房，每家的厨房建在一起，长长的一溜，各家蒸个糕，包个饺子，做个小吃，都会给左邻右舍送去。母亲正是循着这个规矩，一碗碗锅边糊，实在不多，但是融洽了邻里关系。哪家有个什么困难，邻里出手相帮，哪家有什么喜事，大家共同分享。一碗小小的锅边糊，论钱，算不了什么，可是论情，却透着温情、亲情。

我望着刚刚端上来的热气腾腾的锅边糊，用勺子将它慢慢地送进嘴里，慢慢地体会着它的味道。

大樟溪畔“春光曲”

趁着春光明媚，去了一趟永泰县梧桐镇的春光村。

车进村子，道路两旁，灯笼高悬，十分喜庆。举目眺望，田园、村落，一派“春光”。

村委会旁，立着一座古祠堂。飞檐翘角，青灰墙面，给人一种厚重感。一座祠堂，述说着一个姓氏的传承，人们在祠堂里，寻找家族的根脉。春光村的这座祠堂默默立在那儿，诉说着村庄的过去，也护佑着未来。春光村始建于明正德年间，算来已有500多年历史，村名的变迁烙着时代的印迹。最早村名为椿萱村，“椿萱”是对父母的敬称，体现了孝道。20世纪70年代“破四旧”，“孝道”成了“四旧”，遂改村名，取毛泽东主席诗词中的“一年一度秋风劲，不似春光，胜似春光”中的“春光”二字为村名。

祠堂不远处，是新建的村委会小楼，它与周边的建筑浑然一体。村委会里有“农家书屋”，书柜里摆放着许多书籍。他们告诉我，如今，村民们读书求知的欲望强烈，他们会经常到书屋借书。村委会前的广场上，高矗着一座塔，塔边有一座亭子，亭子的屋面是太阳能板。夜晚，铁塔上利用太阳能的蓄电灯照耀着广场，村民们在明亮的灯光下跳舞。太阳能板所蓄的电，还可以卖出，增加了村集体的收入。这些都是市里的一些单位援建的。

最吸引我的是村里的那棵老榕树。三年前，我曾经来看过它。那时，它孤寂地生长在离大樟溪不远的村边，枝繁叶繁，蔽日遮天。经过几百年的生长，榕树于繁茂间透着沧桑，树干开裂，发达的根系如蜘蛛网似的匍匐在大地上，有的根系还把石头包裹着，形成“根抱石”奇观。然而，这老榕久藏深闺人未识。这一次见到它，老榕依旧，只是它不再处于深闺。在驻村第一书记的带领下，村里打造出了一条以老榕为起点，串起大樟溪岸二十多株老榕的观光带。漫步于这条观光带，可以领略古渡，可以看到至今还立于渡口的用于栓于小船的六角形的栓绳柱，柱头上的石雕上书“南无大方广佛寺”。这栓绳柱，经风沐雨，诉说着渡口的昨天与今天。这渡口，曾经繁荣，从这里，可以通达更多的山村，可以连接省城。如今，渡口仍停泊着两只小舟，偶尔还有渡船人喊着艄公要渡过河去，到对岸从事生产。

沿着鹅卵石铺就的小道，一边观赏着大樟溪的美景，一边领略着小道旁的老榕风姿。大樟溪是永泰的母亲河，通江达海。过去的岁月，山货从这里汇聚而出，海货和日用物资又从闽江运进来，从这个渡口分流进大山各处。眼前这段大樟溪，溪面宽阔，溪水平缓，远处山峦连绵，云雾缭绕。

这一片榕树风光融入在大樟溪的自然景观之中。福州以榕城为别称，处处皆是榕，但是，依着溪面，如此自然的成列生长的榕树，我还是第一次见到。榕树挨着榕树，树干向着溪面伸出，成了一道独特的风景。

石墩是用大樟溪的溪石建造的，小路是用大樟溪的溪石铺就，小道也是顺势而修，蜿蜒曲折。走在小道上，仿佛走在一幅山水画里，颇有“采菊东篱下，悠然见南山”的意境。

这些年，福州春伦茶企与村委会签订协议，租用了春光村的一百八十多亩的土地用于种植茉莉花。聪明的春光人不满足于将土地一租了之，而是抓住茉莉花这个品牌资源，与春伦茶企联手，打造田园风光游。花季，一片绿海之上绽开的洁白花儿，与蓝天相互辉映，游人吮吸弥漫着花香的空气，徜徉于花海，还可以采摘茉莉花，把一缕清香带回家。在连片的茉莉花田中，可以望见建在田地中有如蘑菇的凉亭。游客可以在凉亭中休憩，赏花海，品茉莉花茶。村民们也可以在凉亭中休闲。党员们更是在这里谈心，谋划村庄的发展……这个亭子，又被亲切地称为“党员谈心亭”。

穿行于村落之中，可以看见大大小小的“农家乐”小院。周末，游客涌来，村落变得更加热闹，游客们领略了大樟溪的山水风光，吮吸了田园中飘荡着的花香，坐在“农家乐”餐馆里，喝着农民自家酿造的酒，品着永泰特色的农家饭菜：这鱼，是从大樟溪打捞上来的天然生长的鱼；这鸡，这鸭，是村民放养在自家庭院之中、吃着虫子长大的；这笋，是身边的大山出品的……当然，最少不了的是永泰的李干。永泰是中国李果之乡，也是最早能够赏到李花海的地方。冬寒时节，万木还未苏醒，永泰的李花却开了。李花装靓了大山，装靓了村落，引来无数游人，特别是热恋中的男女，在李花丛中，留下一张张倩影，记下那一句可能影响一生的情语。

领略着春光村之美，我深为震动，不到三年的时间，春光村发生了这么大的变化。若问“春光”何处来，是党的政策似春光，扶贫开发，建设美丽乡村，选派驻村第一书记，春光映照，让春光村有了发展机遇。

一个好的驻村干部，一个强的基层组织，是春光村发展的重要保证。市里派出的驻村干部担任第一书记，这个城里来的年轻小伙，团结和依靠村党支部，共同绘制发展蓝图，主动牵线搭桥，汇聚各方资源，形成了一人驻村、派驻单位做后盾、相关部门共同支持的局面。

扶贫攻坚，建设美丽乡村，必须挖掘当地资源，突出当地特色。春光村把福州的市树、市花，以及永泰母亲河大樟溪都充分调动起来，在建设中着力挖掘春光村的自然之美、生态之美、人文之美，让古渡、古村重焕生机。

记得前些日子，有媒体把春光村称为福州版的“云水谣”。云水谣确有意境，可毕竟这么说的时候，人们想到的还是云水谣的景色。发展乡村游，要塑造出自己的特色品牌。你吟“云水谣”，我唱“春光曲”。这曲，有自己独特的韵味。

在枇杷圃中

前些日子，与朋友一道去了趟福建省农科院的枇杷圃。这个枇杷圃，坐落在北峰的山脚下，离城不远。

说起枇杷，我是先得其名，识其叶，而后识其果的。小时候感冒咳嗽，母亲便急急地到野地里摘枇杷叶煎熬，放些冰糖给我喝下，这“枇杷”两字，最早是与治咳嗽联系在一起的。后来，到山里砍柴，那挂在树上的一粒粒的金黄色的果子，便成了我解渴的佳品。柴砍了，就坐在野枇杷树上，从生吃到熟，从酸吃到甜。有个成语叫望梅止渴，那尚未成熟的枇杷的酸劲，绝不亚于杨梅，吃了也真止渴生津啊。

此时正是枇杷成熟的季节，省农科院内桌子上各色各异的枇杷，唤起了我的味蕾。论大小，有的小如山楂，有的大如雪梨；论颜色，有的橙黄，有的橘红；论形状，有的似乒乓球般的圆，有的长似瓜子脸，是标准的“美女”面庞……我似乎找回了伐薪时吃枇杷的那种味道。最让大伙喜爱的，还是长的如梨般的枇杷，咬上一口，果汁充分，甜汁充盈舌尖。

尝了果子，省农科院的果树首席专家、二级研究员郑少泉先生带着我们参观枇杷圃。“别看这园圃才三亩多，它是目前世界上保留枇杷种子资源最多、多样性最丰富、规模最大的资源圃。”一路上，他谈起这圃子，如数家珍，也颇为自豪。俗话说“外行看热闹，内行看门道”，对于果树，我是外行人，真看不出这每一棵树的意义。在科研人员的眼里，这些果树可就是他们的“宝贝”。在园圃里，不时可以看见科研人员用尺子量着果子，在本子上记录着。郑先生告诉我，科研工作没有节假日，他们必须随时观察枇杷的生长状况，定期记录下各种数据。先生还专门捧着一串果子说，他们要观察的是，阳光对果子成长的影响，例如果皮的开裂、毛的生长、土壤的影响等，多达几十项。他说，观察记录是研究的基础，科研人员就是通过记录数据，发现规律，不断改良。这其中有的数据，他们已经记录了三十年，不论风雨，不管寒暑。

他的一席话，让我对他们肃然起敬。科研是寂寞的，科研人员以大地为伍，以研究相伴，在寂寞与坚守中演绎出了精彩，创造出了辉煌。回来的路上，我望见水果店里摆放着刚刚上市的枇杷，颗粒个个饱满，颜色很是好看。食者只知味美，可不知其何以有其美味。我记住了这个团队，并向他们致以深深的敬意。

记一场暴风雨

8 月 16 日下午，榕城的天气格外闷热，热得让人有些难奈。躲在严严实实的空调房里时间久了，也觉得供氧不足，上了楼顶舒展一下筋骨，透透气。

天空晴朗，骄阳似火，只是乌云正渐渐聚拢，阳光被乌云遮挡。我预感到：暴风雨将要来了。

黑压压的乌云，让人感到压抑。雷鸣声传入耳帘，沉闷得像是被乌云包裹着，压抑着发不出声。再后来，声音越来越急促，越来越大。几道闪电，将天际撕开了几道口子。划出的电光，耀眼而狰狞。这道电闪，有着强烈的挣扎感和强烈的发泄欲。电闪中发出的雷鸣声，清脆，刚毅，果断，像是久受压抑终于迎来的宣泄。这雷鸣，让人感到有些惊愀。

电闪雷鸣之后，风狂雨骤。如果说那声雷鸣是一首乐曲的主基调，那这风的呼啸就是伴奏。风狂刮着，行道树在狂舞。有些树木闪了枝干，有的甚至连根拔起，整个身躯就横卧在街道上，等待着园林工人来收拾。雨倾盆地下着，落在屋顶的水泥板上，雨水溅起，变成狂野的雨花。

眺望着远处的街，一辆车挨着一辆车，车灯宛若一条彩带。让人在白日里看到本在夜幕时才能见到的景致。雨水迅速地流淌进了下水道。如注的雨，添了出行的不便，不时有几声喇叭声穿过层层的雨帘，入了耳际。

眺望远处的山，乌云遮挡着山，见不着山的轮廓。

风任性地刮着，雨肆虐地下着，闪电与雷鸣，在狂风暴雨时已经偷偷地遁去。

一个多小时的光景，风累了，雨也下疲了，乌云中露出一片蓝天，像是开了一扇窗。天开了！这片蓝天迅速地扩大，不多会儿天空又是一片湛蓝，偶尔间飘浮着几朵白云。

再看远处的山，浓雾散去，山色如黛，一道彩虹挂在山之上，赤橙黄绿青蓝紫。这道彩虹，耀眼，添了山的美丽，增了城的秀色。再朝着太阳将要落山的地方眺望，那片金黄，透彻，绚烂，空气带着温润。

风雨之后的城市，清新，明媚。经过雨水冲刷之后的树木，更加青翠。

泉州骑楼：乡愁的符号

——泉州中山路是泉州近代最繁华的连排式骑楼建筑商业街，获评首批“历史文化街区”“中国十大历史文化名街”，是一条具有完整历史风貌的街区。骑楼建筑形成于20世纪20年代，富有泉州传统民居特色和南洋建筑风貌，是多元文化交流融合、城市历史文脉传承的重要载体。

——人民群众迫切期盼骑楼建筑保护，留住历史，留住文脉，留住乡愁。

摘自泉州市人大常委会向省人大常委会作的《关于泉州市中山路骑楼建筑保护条例的说明》

雨在下着，点点滴滴地落在街上，我却毫不在意。这场雨，似乎与我毫无关系，我依旧悠闲地走在骑楼下，走了这家商铺，又进那家商铺，看了这个商品，再看另一个商品。这一家挨着一家的商店，像是博览会一个又一个展馆，商品琳琅满目。骑楼下的通道，像是一根丝带，把一个又一个店铺联了起来。走在骑楼下，我的心很平静，也很从容。走着，走着，想到了这样一段话："科学和技术一般独立于意识形态之外，而建筑则不然。它本身可以承载大量的特殊信息，既是一种实用信息，又是一种表现力。"这骑楼啊！承载了那些特殊信息，又有哪些表现力呢？一座建筑承载着一段历史，人们对骑楼的情感随岁月的增长而增长，成了记忆乡愁的一个符号。我与泉州人聊起骑楼，泉州人的眼神哪，可以说是放着光，充满着爱意。走在骑楼的廊道上，不时可以看见只有十多个座位的电瓶车从街上缓缓地驶过，这车一般只有在旅游景区见到，泉州将电瓶车引进作为城市的公共交通，费用与坐公交一样，一次一元。我问他们为什么用电瓶车作为城市公交的工具，泉州市的领导这样回答：担心城市公交大巴车身重，车在并不宽敞的街上行驶产生的震动，破坏了骑楼的基础，而电瓶车啊，体积小，开起来震动小。这个小小的例子，足以说明泉州人对骑楼的爱惜。

骑楼不是泉州独有，在福建的厦门、漳州，广东的广州、珠海以及海南等地，都可以见到骑楼。这骑楼建筑，其实是个舶来之物。百多年前，先人们为了生计，漂洋过海到南洋谋生。南洋属热带季风气候，一年中有雨季和非雨季之分，气候湿润而温暖，当地的商业街多盖成骑楼式的，下面开商店，后面做仓库，二楼之上便是住家。福建的闽南和广东、海南等地，气候与南洋有相同之处。这些漂洋过海打拼的人，挣了钱之后回到家乡，便把这种建筑样式带回了家乡，在最适合做生意的地方盖起了骑楼，一户接着一户，一家挨着一家，骑楼不断地延长，也就有了一条长长的街。我还注意到一个现象：福建几处骑楼所在的那条街，都拥有一个共同的街名：中山路。孙中山先生是民主主义革命的先驱，他的革命生涯，与新加坡等地有着千丝万缕的关系，南洋的华侨更是慷慨解囊，给钱给物，出人出力。人们把这当时最繁华、开放度最大的街取名为中山街，可以看出当时的人们对中山先生的景仰。

中山路的骑楼，南起江滨北路，北至钟楼，全长 2.4 公里。曾经见过一张泉州骑楼平面图，由南向北，状如鱼脊。乘坐电瓶车，到了骑楼的最南端，从这里穿越马路，便是泉州人说的第九码头，码头前的江便是泉州的母亲河晋江。百多年前，没有公路，没有铁路，更没有飞机，这水路便是重要的交通。一条水路，通着海，衔着江，接着河，汇着万千沟壑，人们也习惯于择水而居。泉州骑楼便依在这条母亲河之畔，山里来的货，海里来的物，汇聚在了这里。泉州的这条商业街，通江达海，生意红火。在这条街上，有一处叫着聚宝街，街不长。走在这条街上，依旧可以感受到当初的繁华与热闹。站在骑楼的南端，仿佛浮现出搬运工搬运货物的场面，仿佛听到集市的热闹的杂声。从这里顺着骑楼往北走，骑楼如同一条长长的长廊，深邃。望着深邃的骑楼，联想到了园林建筑中的长廊、民居庭院中的回廊、大山中的廊桥，眼帘中仿佛看到人们悠闲地走在长廊欣赏眼前的景，淑女倚着美人靠凝神看着滴滴细雨，村民们在廊桥下躲着风挡着雨。长廊、回廊或是廊桥，都还有一个名字叫做风雨廊。骑楼是泊来之物，但是，骑楼的设计也吸收了中国传统建筑元素。从这长长的骑楼中，仿佛加深了对“融通”二字的理解。这骑楼，一家挨着一家，样式也几乎雷同，尤其是骑楼的高度与宽度都一致。心想，如果哪家人不愿意，那骑楼也许就不是今天的这般模样了。商业是有竞争，但竞争中有互通，有互利互惠，这骑楼留出的道，是一条商道，是共同致富之道。骑楼是商家共建的，商家们也共享骑楼带来的商机，它的商机就在于“便民”，即使是店铺打了烊，市民依旧可以不打伞走在骑楼下。泉州人以敢拼会赢而著称，其实，在这敢拼会赢中蕴藏着从容、融通、温情。我不知道，这骑楼在岁月的浸润中是不是渐渐繁衍出了骑楼文化，起到了内化于心的作用，成了影响泉州人性格的一个因子。

走在骑楼，不时可以望见小吃店。这些店铺不大，有的仅十多平方，有的店铺上张挂着《舌尖上的中国》拍摄点的招牌。这次出差泉州，妻子专门交代买些泉州的汤圆，并且发了微信，指明要到微信中指定的店铺去买。到了泉州，还担心这店铺不好找。那天下午在逛骑楼时，不想在金鱼巷口就找到了这家小吃店。晚上到了这家小店，女店主热情幽默。我担心这汤圆放在宾馆一夜化了，与她商量能不能存于店中，第二天上车时再来取。店主为这事，专门协调第二天一早让她妹妹提前些开门。这事很小，但看出泉州人的守信。泉州人讲起泉州小吃，那可是如数家珍。有一位朋友给我绘声绘色地描述夜里想吃面线糊的情景：夜深时，突然间有了想吃面线糊的欲望，出门驱车到了这中山路，点上一碗面线糊，再要上两根刚刚炸出锅的油条。往面线糊里洒上一点胡椒粉，再滴上家乡的地瓜烧。一碗面线糊落肚，心满意足地回家，带着这味进入了梦乡。看他描绘这事的神情，哪里是在乎吃啊？在乎的是萦绕于心的一种家乡味。这种味道，有时就像一只蚂蚁似的搔痒，即使夜再深也会去寻找这种味道。

那天晚餐，我品尝到海蛎煎，嫩滑清爽，有着一种独特的味道。大伙儿赞不绝口，专门请来了大厨，向其讨教做法。大厨说，海蛎一定要用黄壳的小海蛎，地瓜粉用的是惠安产的地瓜洗出的粉，蒜也是本地生产的，加上厨师不与人言的烹饪技巧，才能制作出这样可口风味。这些海蛎、地瓜，在生长过程中，汲取了本地天地之气，自然是制作小吃的最佳食材了。最早的小吃并不是作为商品而出现的，而是人们在丰收之时，为了更好地保存食物，或是在休闲之时把收获的食物采取各种方法烹调加工，让它更加可口，让生活变得更加丰富，让时光更好地打发。小吃不只是解决温饱，而是人们闲时的一种享受。可以想象一下，在没有手机电视的年代里，品着茶，尝着小吃，听着梨园戏或是南音，那是多么的惬意啊！

骑楼的商铺，不乏老字号，许多海外华侨回来，一定要到骑楼走走，到这些老字号去品味家乡的味道。这些老店大多经营了几十年，日日食客盈门，但店主却不盲目扩张经营。一家店主告诉我，小吃，小吃，要的就是这种味。走味了，小吃的魂也就丢了。守住这个味，就守住了这个店。这番话，充满哲理，令我感叹这店主深悟其真谛。如今机器可以代替手工，但是，有那么一些小吃店，坚持手工制作，用木棍打肉，用菜刀剁馅。他们说，手工做的，劲道有嚼头。

泉州这条长长的中山路，即是商脉，也是文脉，交织在一起，让中山路的商气也充盈着文气。这条路上，坐落着泉州文庙。这座文庙，是集宋、元、明、清四朝代的建筑群。徜徉其间，在宏大的气势中，又觉得布局匀称，建筑优美，规制完整。观赏这片建筑群，可以体会到儒文化尊崇规则的文化内涵。在聚宝街前，有一处德济门遗址，面积达到两千平方米，这遗址啊，由城门、城墙、门道、墩台、内外壕沟、拱桥以及瓮城和瓮城门等到组成，这是七百年前进泉州的要道。听随行的同志介绍，这座遗址，遗存有 13 世纪与 14 世纪的印度教、基督教、伊斯兰教、佛教的石刻和明清时期的铁炮等，看上去有着强烈的沧桑之感，但它证明了泉州这座城市是个多元包容的城市。它是宋元时期古刺桐城的象征，在德济门遗址的正对面，坐落着天后宫。宋元时期，泉州成为世界贸易大港，为发展海上贸易妈祖被引进泉州，成了泉州海神。我从德济门的遗址远望，天后宫肃穆端庄。据说泉州这一处的天后宫，是我国现存建筑规格最高、规模最大的一处妈祖庙。从中山路的北端钟楼往西走不到十分钟，便到了开元寺。这寺建于唐垂拱时，是我国东南沿海重要的文物古迹，寺内的双塔更是泉州的城市地标。“此地古称佛国，满街都是圣人。”这是宋代大理学家朱熹对泉州这座历史文化名城的评价。这些保留下来的历史建筑，是这座城市在漫长历史发展过程中积淀而成的，骑楼与这些历史遗存相比，历史还没有那样久远。建筑是凝固的音乐，骑楼反映民国时期传统民居特色和南洋建筑风貌，耳帘仿佛听到的民国时南洋风情的乐章，延续了中山路的文脉，成了人们了解泉州一段历史的窗口。

曾经把白玉兰的叶放在盆中浸泡数日，再轻轻地刮去叶子的表皮和叶肉，留下的是叶脉，放在灯光下映照，觉得它特别的漂亮。中山街像是白玉兰叶的主脉，分布左右的一条条巷子便是支脉，家家户户便是这叶脉的末梢。用今天时髦的一个名称叫商圈。一处商业繁荣的地带，一定是居民的聚集区。那天，参观了金鱼巷。这巷子是新近改造的，从各处收集来的有年份的石板拼接在一起。俯下身子，用手轻轻地抚摸泛着油光的石块，这种的油光是经过不计其数的脚磨蹭而出的。它不同于机器的打磨，机器可以打磨得比它更光滑，但少了一种温润。这种湿润如同文物的包浆，是人与物经过岁月厮磨而成。当地同志告诉我，他们不仅要保护中山街上的骑楼，还要保护与骑楼相关的建筑物。骑楼是泉州的宝，骑楼两侧的大街小巷深藏着更多的宝，期待着人们去撩开它的面纱，看到它的真容。那天下午，当地的同志领着我们深入一些庭院，其中的一座离骑楼不到二十米。这是一处华侨建筑，三层小楼，红砖绿瓦，方正大气，具有浓郁的南洋建筑风貌。另一处是苏廷玉的故居。苏廷玉，曾任四川总督。在离任后移居泉州的十年中，苏廷玉热心公益事业。1847 年，他撰写《泉州府学明伦堂立匾记》，以弘扬先哲，激励后代。同年，他还买下三十二幅大士像，装潢后送泉州清源山弥陀岩珍藏，为研究泉州近代文化、宗教留下了珍贵的资料。其主要著作有《亦佳宝诗文钞》《从政杂录》《温陵盛事》等。据史料记载，苏廷玉的故宅“屋宇连绵，范围甚大”，后门直通奎章巷，东临南大街。苏廷玉利用通政巷东北畔临街处两间店面，当做典当行，取名“元祥”，有人便称这一带的整片屋宇为“元祥苏”。如今，这片老宅得到重新修整，开发利用。在这院子里，听着南音，看着木偶表演，品着茶，尝着糕点。这乡味，浓啊！当地的同志说，他们要让游人在逛骑楼的同时，随便拐进一条小巷，走进一个院落，都可以寻到适合自己的休闲方式。我理解了。他们打造的是一种慢生活，让人们在紧张的工作之外，身心在这里得到放松。

第二天，起了个大早，顺着骑楼去看钟楼。路很安静，车流不多。站在十字路口，静静地望着左边的那一排骑楼建筑，那一排红红的二层楼高的骑楼建筑，让我产生了一种美感。顺着开元寺的方向走去，路的两旁，都是红色的低矮的房屋，与辽阔的天空浑然一体，显现出城市的安静。闽南的建筑，以红色为基调，具有南洋的建筑风格。从色彩学来说，海是蔚蓝的，红与蓝的搭配，给人活泼的感觉。如果你喜欢建筑，走进这些小巷，可以体会到闽南建筑韵味：屋顶上略微弯曲向上的脊角与蓝天相接，《诗经》中有“如鸟斯革，如翚斯飞”这样的诗句来歌颂像翼舒展的屋顶和出檐。出砖入石形成的造型给人以古朴、厚实、柔和的视觉享受。

泉州是历史文化名城，也是东亚文化之都。这骑楼及其相关建筑，是泉州文化的瑰宝，可以让人唤起乡愁。保护骑楼及其周边的建筑，就是保护乡愁、呵护乡愁。

乡愁是对家乡的感情和思念，是一种对家乡眷恋的情感状态。泉州人的对骑楼的眷恋是泉州人共同情感，历久弥珍。最近，泉州市人大通过了《泉州市中山路骑楼保护条例》。善法善治，说明泉州对骑楼及其相关建筑物的保护已经又迈进一步。

爱是保护的源，爱是保护的力量，在爱的呵护下，骑楼会在保护中焕发出生机与活力。

迷人霍童溪

在闽东，有一条溪，叫霍童。宁德人甚爱这条溪，欲立地方法规保护它，使它的水永清澈，景永优美，人与自然永久共生。霍童溪不只为生于斯、长于斯的宁德人所爱，也为曾经在这里工作或者是曾到此一游的游客所青睐，令他们从心底里发出“好美啊”的感叹，希望好好呵护这片青山绿水。

这是一条发端于闽北的政和，经屏南、周宁，越群山峻岭而来的溪。汇入霍童溪的山涧溪流，时而飞流激湍，时而清幽舒缓。水聚水库，顺高峡而下，进入霍童溪。

我一直视山涧之水为青山的乳汁。喜欢走进青山，看到从山涧渗出的清泉时，会情不自禁地躬下身子，用双手掬起一泓清泉，将它送入口中，痛饮一番，先是甘甜在口，后是甘甜在心肺。我最喜欢用这样的方式，饮山涧清泉。喜它的原始，也喜它的虔诚，双手相捧是对眼前这泓清泉的虔诚，双手相捧是碗的灵感产生的源头。

青山有人体般的毛细血管，天降之水被青山接纳，通过大山的缝缝隙隙、沟沟壑壑将它净化。水在向青山的渗透中，不断吮吸青山的营养，水中富含了人们所需要的各种矿物质，尔后又如乳汁般从山涧渗出，拥有了一个很好听、很诗意的名字：山泉。闽东的山多是崇山峻岭，有青山才会有绿水，有山青才会有水秀，万千群山出好水，好水养出好生态。

山水历来是中国画家的表现对象。山水融于一体，表现的是中国文化中的刚柔相济。山无水太刚，水无山太柔。观霍童溪，九曲十八湾二十七滩，移步换景，景不胜收。霍童溪在峡谷中流淌，远处的山，群峰叠嶂，与霍童溪相依相伴。时而溪面开阔，溪底鹅卵石在光的照射下，显得格外有光泽；时而溪面窄小，溪流激湍，有时还撞击溪水中的礁石，溅起浪花朵朵。然而，这些都还不是霍童溪最吸引我的地方。霍童溪之美，美在溪洲，美在两岸的竹。溪中小洲，溪流环绕，洲上茂林修竹，山色与水色一体，鱼儿与鸟儿共戏，观赏这美景，让人心旷神怡。霍童溪溪流的美，美在水。倘若过度开发，无序利用，溪水量不足，河床裸露，不仅失去美感，也影响生态。

霍童溪的美，不止于山水，也美在人文。霍童溪的灵山秀水，涵养了霍童溪的人文，使得自然秀美与人文秀美相得益彰。霍童居三十六小洞天之首；支提寺等名刹古寺藏于山中；古镇霍童人文荟萃，古韵深厚，名人辈出。走在古镇老街，斜阳映照，一些老店已经打烊，只有卖土特产的小铺还开着，女店主也无心经营，正在准备着晚餐。小巷深处传来银铃般的童声，放学的孩子连蹦带跳地由远而近，给小巷带来了欢快。近年来，小镇名声鹊起，中央电视台《远方的家》《舌尖上的中国》介绍了古镇。霍童线狮作为非物质文化遗产，上了中央电视台的《我要上春晚》，赢得了满堂喝彩。山水与人文是可以互为涵养的，山水提升了霍童的颜值，人文丰厚了霍童的气质，霍童镇啊，可谓颜值与气质俱佳，让人越看越想看。看久了，依恋，生情。

闽东人爱霍童溪，爱这里的自然风光，爱这里的丰厚人文。闽东人说起霍童溪，很自豪：这是全省少有的没有受到工业污染的溪流。爱之深，忧之重，我从一部地方性法规，可以体会到闽东人对霍童溪的深厚情感。

给出一个公式：霍童溪的颜值+霍童溪的气质=霍童溪的迷人。不知你同意否？

秋 雨

一场淅淅沥沥的秋雨，下了一个白日。这雨明显带着丝丝的寒意，路上不少行人换上了秋装。

秋雨是秋的信息。严冬之后的春雨是一日暖一日，而这秋雨则是一日凉一日。秋雨的寒意，褪去了夏日的燥气。大地将披上代表这个季节的金色盛装，让这个季节显得荣华富贵。夏夜里常听的蝉鸣、鸟鸣、蛙鸣也随着秋雨渐渐地止住了。

秋雨催促我走入原野，去领略金色的大地。几只水牛在秋收后空旷的田野上，悠闲地啃着野草。这丝丝秋雨，添了田野的烟雨朦胧色。看着雨后的秋景，古人咏叹秋雨的诗句绕萦耳际："空山新雨后，天气晚来秋。""共眠一舸听秋雨，小簟轻衾各自寒。""秋风吹到江村，正黄昏，寂寞梧桐夜雨不开门。"借秋雨抒情，有人抒的是悲，有人抒的是愁，有人抒的是喜，有人抒的是淡泊之情。

秋时最喜欢走进农舍，随处都是丰收的果实，院落晒架上晒的是稻谷、淘洗的是地瓜粉……院落被这些果实装点得五颜六色，还有荡漾在院落中的笑语声。兴起，凑了不合格律的四句：“秋雨带寒意，稻收田荒疏；狗吠山村闹，笑语出农家。”

一日有黄昏，一年有金秋。一日中，夕阳无限美；一年中，秋色最宜人。它乃一年之沉淀，一年之厚积。它如一坛久酿的老酒，满是甘醇。

守　望

很喜欢守望这个词，静静地琢磨品味，想象着这词的意境，是一种享受。

想到守望，不由地想起乡村。生长在大山深处，脑海中村子的影像就是那些居在大山中的村落景象：或是一片开阔的田园簇拥着一个村落，或是如同一个挂在半山腰上的村落，或是在“山穷水尽疑无路”处，突然“柳暗花明又一村”……你仔细观察，便会发现，尽管位置不同，但每一个村子一定会有一片土地簇拥或是依傍，一定会有一片森林、一条溪流。一个村落，其实就因守望这地、这山、这水形成。这村落，不只是守望者共同的生活家园，也是守望者的精神家园，甚至是守望者的整个世界。记得20世纪80年代初，曾经去过闽北政和的一些村落，见到过将脚裹得如三寸金莲、身着青绿长衫、用茶油将头发梳得油光可鉴的大娘。有人告诉我，她们中的一些人，县城都没有去过。大山堵塞了她们走出去的路，她们看到的世界就是这片田园，她们守望田园就是守望世界。日复一日、年复一年的守望，渐渐地生出了仪式和习俗。从这些仪式和习俗中，可以体会到一个守望者心中的虔诚、心灵的期盼、对土地的依恋与热爱，可以体会到一个守望者心中的宁静。

喜欢在细雨霏霏的时光，在村落的某一处静静地望着田野，不管是田野一片绿意，还是一片金黄，或是收成后略显荒芜萧瑟。这个时候，有时能够听到鸡鸣狗吠，看到农家屋顶飘绕着几缕炊烟。这番景象，虽不激越，但却绵长，我似乎体会到了守望者的持久恒力。我也喜欢在黄昏时，撑着一把油纸伞，在古镇长长的老街上，看着各式各样的土特产，品着刚刚出锅的热气腾腾的各种小吃。对离开了家乡的人来说，此时最忆乡愁。

喜欢在皎洁的夜晚独自地守望着星星，守望着明月。那时，不知道嫦娥奔月那样的浪漫故事，只知道，星星眨眼，月光皎洁，夜很宁静。如果在夏日，虽然不时有蛙声入耳，有远处田野的火把入眼，但我却觉得这夜更宁静，这夜更空灵。至今想来，守望明月，与明月相伴，让清风拂面，就是一种富足。

守望是幸福的，它至少说明心有所系。农耕时代，耕者守望大地，渔民守望大海。那些远离家乡的人们，在心灵深处守望那座老宅、那个村落，不是只为了生命的延续，更为了精神的传承。他们相信，他们守望的是他们的根、他们的脉。

有人问我，城市与乡村的区别在哪里？思考再三，城市喧嚣，乡村宁静，我们守望着不正也是这份宁静？因为，它与我们心灵契合。

守望，还包括守望心灵。大自然有绿地，人的心灵也有绿地。面对喧嚣，面对诱惑，我们自己就是一个心灵绿地的守望者，守望着初心，守望着心中的那片绿地。守望心灵，可以荡去浮躁，可以让心灵绿地绿意常在，不受污染。

品味守望这个词，脑海中会浮现出许许多多画面。仔细地梳理这些画面，会发现，这些画面都很宁静，都很淡泊，都带有王维、陶渊明等诗人笔下的那种意境：宁静、淡泊、平和。

守望，真好。因为，守望的是一份美好，那是一种享受、一份依恋、一种富足。

心恋茶田

车向着大山深处驶去，盘着山，穿过了山腰的畲村、翠绿的林子，到了山的顶部，视野顿时变得极其辽阔：群山起伏绵延，一峰接着一峰，充满绿意，这便是朋友建议我来看看的茶田。当它映入我的眼帘时，被它的壮观和美丽惊艳了。凝望绵延的茶田，想到位于武夷山九龙窠的那几株大红袍母树。它们处于深涧之中，扎根岩石之间，吮吸岩石的养分。深涧特定的日照和缭绕的云雾，造就了特有的武夷岩茶。眼前这片茶田，虽不处深涧，不扎岩石，但拥有了茶生长所需要的环境。

立于茶田之间，身没在云海之中，似乎举手可触天际，可采一片白云。仰面可感清风掠过，可吮清气入怀。才过半个时辰，云雾渐散，阳光和煦地照在茶田之中，茶树披上了金晖。俯下身子细察，片片茶叶沾着晶莹的露水。这茶田，经受寒暑交替、四时变化，吸纳天地之精华、山川之灵气，滋润出了片片茶叶。

正是清明前夕，茶树已经长出了新绿。新绿显得特别的娇嫩，甚至会让我感到有些柔弱，但新绿是众绿中最具生机、最富活力的，也是众绿中最鲜艳的。茶田之间，村姑们背着背篓，娴熟地采茶，她们要赶在雨露沾叶前将新绿采下，制作成明前茶。明前茶，四季茶中最佳的一季。何以最佳？长冬的涵养，暖春的催发。雨露，晨之精华，采下一叶茶，也带回了晨之露。

心诚地采下一片沾着晨露的叶芽，放进嘴里轻轻地嚼着。虽然还没有制作，还含着些许草腥，但一股让人先是苦涩、后又甘甜的味入了心肺，让人感到气爽神清。过去，我常以为用“品茗”或“品茶”二字来形容饮茶是因为风雅。现在我却感到，一个“品”字，恰到好处地揭示了茶味的妙处。品味，品味，茶之味是在“品”中体会和获得的。同样是茶，但茶人只要一品，便可从其味中道出这是何处制作的茶。曾经听茶人论茶：酒可一饮而尽，茶却要细细品之，享受品之后的“回甘”和心旷神怡。一方水土不仅养育了一方人，一方水土也滋润了一方的茶，孕育出一方茶的味。

陶醉绵延的茶田，对它心生了爱意与敬意。它不羡繁华，不慕喧嚣，不图虚荣，与山峦为伍，与云端牵手，任云雾浸润，甚至连花都来不及绽放，就以嫩芽奉献于人。茶之清淳、茶之清甘，大自然涵养。茶最知道，奉献须当时，无须眷念，无须不舍。一叶清茶，很好地诠释了“舍得”二字。正因为茶的“舍”，才“得”以进千家、入万户，成为人所共爱的饮品。

吾喜茶，茶能解渴，于身体有益；茶有内涵，有精神。品茶时，望着透彻的茶汤、飘绕的清气，在我的脑海里，都会浮现出高山深涧的茶田……

茶从大山来。

北京的蓝

谈起北京的空气，许多人就会说起北京的雾霾。天空灰蒙蒙的，挂在空中的太阳被雾霾遮挡着，粉红的太阳似乎变得“温柔”，眼睛可以大胆地与太阳对视，不觉得刺眼。

我在北京感受了雾霾天气，确实让人感到不那么舒服，但我也感受到了北京的蓝。这蓝，让生活在南方、以空气清新为豪的我从内心发出赞叹。

第一次领略北京的蓝，是在四月的一个下午。那天，在王府井附近办完事，离预订的航班返程时间还早，同事建议说，去看看故宫吧！

来北京的机会并不很多，即使来了，多是办完事直接到机场，真不知道这里离故宫有多少路程。同事告诉我，从下榻的宾馆到故宫，穿过王府井大街，拐两个弯就到了。想想，这确实是个好建议。王府井，对我来说，也是只听其名，不见其形，借这个机会，看看王府井，也是一件好事啊！在同事的带领下，我们就往故宫的方向走去。王府井只是路过，在我的印象中，那是一条长长的步行商业街，车是不能经过的。

走了十多分钟，看到了故宫，看到了护城河。此时，已经过了四点钟，错过了购票参观故宫的时间。绕着故宫走走吧！想想，也只有这么一个选项了，绕着故宫，感受故宫，又是别样的观感！

最先映入眼帘的是故宫的东华门，近黄昏的阳光映在故宫的城楼上，映在嫣红的墙体上，让人感觉特别的鲜艳、特别的宁静安稳。远眺东华门，我才意识到，天空特别的蓝，整个故宫被蓝色天幕笼罩，偶尔几朵白云飘过。这样的天气，人的视觉极其的辽阔，很远就可以望见门楼上描绘的图案。相互勾连的斗拱，静静地凝视，好似听它静静地如絮语般地将故宫的前世告诉我们。就是这样的静静地诉说，却让听者心起涟漪，甚至是倒海翻江、波澜起伏。

绕着故宫走，其实就是沿着护城河走。四月北京，春意正浓，护城河岸柳条嫩绿，有些柳条垂到了河面上，有如一叶轻舟，既任意但又不随意地漂浮着，每一根柳条都连着枝干。蓝天让河水变得更为蔚蓝清澈，在好几处的河段上，河水清澈见底。河水映出了另一番的景色：红红的墙、高高的角楼、天空中的白云、水中轻扬的水草，还有树的婆娑。这些倒影，波光粼粼，让河变得多姿、变得灵动。不时有些鸥鸟盘旋河上，时而高飞，时而低潜，似乎因为这蓝而鹊跃，而欢快。

这样的蓝，引来了众多喜欢摄影的人。在故宫角楼外护城河的绿道上，“长枪短炮”地将蓝天下的故宫停格，成为永恒。隔河眺望故宫，故宫就是这样安静地立在那儿。岁月流逝，故宫久远，我感到它的厚重。

今年三月初，我在北京的西直门宾馆住了十多日。初春时节，春寒料峭，房间里开着暖气。清晨醒来，窗外的景色吸引了我的眼球。天空无尘，空旷辽阔，东边的天际一片橘红，晨的霞光映在了一叶不长的树枝上，树丫被染上金晖。这番景色，激起了我去领略晨的景色的欲望。

去了西直门附近的胡同。走了这个胡同，又走了另一个胡同。胡同的房屋大多只有一层楼，阳光极易和煦地照进胡同，但因为光线照射的角度，这些阳光并不是均匀地照射在胡同的每一个角落，更给人斑驳的味道。特别是那缕金色阳光泼洒在红红的大门上，红中透着金，一派喜色，金碧辉煌，有着温馨。

又一天早晨，又一个湛蓝的天，又步出宾馆，无意中走到了德胜桥，无意中发现了后海。后海早晨的景色映入我的眼帘，眼前的这片蓝让我陶醉。北京人把湖称为“海”，湖水被天际映着与天一样的蓝，湖天一色。湖天之间，镶嵌着金色的钟楼、鼓楼以及其他建筑，充满柔情，富有诗意。凝望湖面，冰凌漂浮在水面上。几只鸭子在湖中悠闲地游着，不时还可以听到“丫丫”的叫声，残荷泛着莹光。随风婀娜，湖堤那排柳树正吐着绿。望着栈道上的那株梅，满树银花。用手机拍下眼前所见的图片，发给好友。有的朋友说：这是北京的景色吗？好美啊！有的朋友感叹道：北京的蓝，真蓝！

第二天的傍晚，去了离后海不足百米的西海。西海其实就是积水潭公园，湖不是很大，却很秀美。斜阳映着山冈上的净业寺，红墙绿柳，湖石嶙峋，湖光倒影，远处望去，像是画家笔下精美的画卷，移步换景，美不胜收。

在北京拍摄的这些照片一直留存在我的手机里，闲暇时，打开图库，慢慢地欣赏着：这蓝，蓝得空灵，蓝得清纯，蓝得柔和，蓝得出奇。

有蓝装点，北京真美。

渔村古石

古石，连江黄岐的一个小渔村。不经意间，走进了它，它的美丽触动了我。真是酒香也怕巷子深，偏僻之处待人识啊。

那天下午，天朗气清，车在连江往黄岐的路上跑着，不时可见海湾与滩涂。湾面上一列列整齐有序的竹竿，有如五线谱，谱写着一曲动听的海湾乐曲。这是海上养殖场。连江是中国的海带之乡，有人把连江的海带称作“海上冬虫夏草”。不同的是，冬虫夏草产于高原，是个金贵的稀有之物，而海带产自海上，在连江，有海湾就有海带，是餐桌常见食品。

黄岐入了我的视野，但车没有往镇里驶去，从主干道拐进了一条小路。路很窄，转了一个弯又一个弯，一会儿，又看见了海。心里纳闷，这要去哪儿啊？镇上的同志说，去古石村，那儿离马祖最近，今天天气晴朗，能见度好，用肉眼可以看到马祖岛。听他这么一说，兴趣顿生。知道从黄岐镇登上客船，二十多分钟，就可以到马祖岛。几次从黄岐岛眺望马祖，浓雾弥漫，马祖被浓雾严严实实地包裹着，只知道浓雾深处有岛屿，那岛，便是马祖岛。

车向着山脚驶去，越来越靠近海。山脚下，依山畔海的地方，错落有致地坐落着一些石头房。这样的房子，在沿海许多渔村都见过，人们称它为“石头厝”。这些房屋，多是一两层楼，非常的平实与厚重。用石头造屋，就地取材，是抗击海风袭击的最佳方式。今天见到的海风平浪静，让人觉得它温顺。可我知道，大海也有桀骜不驯的时候，一旦风暴袭来，大海咆哮，狂风席卷，只有这石头厝可以从容地应对狂风暴雨。

车在村口停下，下了车，一艘破旧的老帆船随意地卧在草地上，仿佛一座艺术作品。用它的艺术语言讲述着村民与船的故事。这是一处向海而生的老村落，船是他们生存的工具，村民依恋着船。老帆船的边上，便是村子的广场，几位老人悠闲地坐在广场的凉亭里聊着，一只小狗围着老人们转着。广场中央，一低洼处，有一口井、一条隧道，隧道口上写着“古石隧道”。这井，曾是村民的饮用水源。这隧道，是20世纪，村民为躲避炮火而建的。放眼整个村庄，村庄整洁，道路两旁、山坡上，种植着花草，有如盆景，装点着山与海。有人烟便有生气，村庄让这片海、这片山有了生气。顺着村道，走向海边，道路旁，几位上了年纪的村民整理着面积不大的耕地。问他们，准备种些什么啊？村民们回答，这土地，比较适合种些花生之类的。

越靠近海，视野越辽阔。我回头望去，这是一座山的突出部，像半岛一般，一面临着大海，两侧都是海湾。海湾不远处，是山。蓝天、碧水、绿树，让人心悦。海边建起了长长的木栈道，我走在木栈道上，极目远望，被辽阔的大海和硕大的风力发电机所吸引。“好美啊！”赞叹声传入耳际。我俯身看去，山与海接壤，一面悬崖峭壁，有如刀削，色彩斑斓，另一面怪石嶙峋，海浪拍打着，发出哗哗的声音，添了险峻。我用手机，将这些风景拍下来，发给朋友，朋友纷纷问道，这是哪里啊？我告诉他们，这是黄岐的一个小渔村：石木村。朋友回短信说，没想到黄岐还有这样美的景色啊！

海岸边，有一处平台，这是大陆离马祖岛最近的地方。从这里看海，如墨的一列小岛横亘于海，辽阔天际与浩瀚大海衬托着，小岛让人觉得小。尽管天气晴朗，还是有些雾，在淡淡的雾色中，小岛朦朦胧胧。平台上，有一台高倍望远镜，通过它，可以看到岛上的房屋，可以看到小岛上行走的人，甚至还可以看到商店的招牌。村民介绍说，马祖列岛由三十六个大大小小的岛屿组成，较大的有南竿岛、北竿岛、东莒岛、西莒岛、东引岛，总计一万多人口。在目不能及的海上，还有一个比马祖大的多的岛。这岛，便是台湾岛。此时，我的心中真是百感交集：本是一家人，却人为分离了半个多世纪。我在心里默默地呼唤：回来吧！等你的心好切好切！

已近黄昏，夕阳斜映，整个村落，还有这片海，都被夕阳染上金晖，就连卷起的浪花晶莹中都流淌着金色。一艘渔船从远处驶来，突突突的声音，由远而近。

这应当是一艘回港的船吧！

仙山牧场走笔

2019 年 5 月，在闽的全国人大代表围绕着“脱贫攻坚”，赴宁德进行专题调研。早上，代表们先后考察了宁德新能源、上汽汽车项目、东南铝业和青拓钢铁项目，接着去了寿宁县下党村，重走习近平总书记当年进村的那条小道，驻足鸾峰桥，参观新村，寻找“下乡的味道”，体会习近平总书记提出的“四下基层”。下午，大家驱车屏南县的仙山牧场。车上，大伙又忆起座谈会上那幸福的一幕幕：习近平总书记在宁德任地委书记时，深入屏南调研，在仙山牧场召开学习中心组读书班。选在崇山峻岭之中的牧场，是因为山下的山峰村，曾经是中共闽东北特委、军分区的所在地。海拔 1200 米的仙山牧场和九仙山，是闽东北红军游击队开展活动的地方，当时处于深山中的百姓生活还很艰苦。通过实地的调研和学习，让干部们不忘革命历史，记住老百姓的疾苦，思考干部肩上的责任。

车驶在省道上，路宽敞而平坦。这是一条新开的通往南平建瓯的路。我望着窗外，远处的山吐着新绿，近处沉寂了一冬的田野复苏了。有些水田已经插上了秧苗，绿油油的小苗给大地添了生机。有些田地里，老牛犁开了田泥，卷起了片片犁花，老乡跟在水牛后面整理田地。插过队的人，最知道，一年之季在于春。这春，是一年的希望啊！

车离开了省道，拐进了一条小路，刚开始还是水泥路面，再往后变成了土路，一路向大山的腹地驶去。路越来越崎岖，越来越蜿蜒，越来越颠簸。坐在车的后排，会突然间被高高地弹起，头差点儿顶到了车顶上。有的同志幽默地说，腰不好的话，经不起这样的折腾。车到半山，望见村子。村落不大，房屋多有些年代的了。这就是山峰村，离仙山牧场最近的一个村落，车再往上，就没有村落了。车穿过村子，继续向上，拐了一个弯，又拐了一个弯，让人真有些受不了了，心里盘算着“快到了吧”！但是，拐了一个弯，眼见的又是一片森林，再拐了一个弯，还是一片森林……就这样，车一步步接近山峰，可还是不见草场的影子。在我的想象中，这草场应当是连绵的高山草甸。当地的同志告诉我，这里原本都是高山草甸，后来飞机播种造林，播撒了大量的松子，经过二十年的时间，小树成了大树，草甸成了森林。

夕阳斜照绿林之中，车穿过了一条正在修建的公路，不出五分钟的时间，就到了这夜下榻的场部。场部只有两幢楼宇，在大门的墙上，挂着一些牌子，是市里的一些部门利用这里的红色资源设立的教育基地。从住宿的房间的凉台眺望，群山绵延，在湖边还有几排废弃的牛舍。原来这里曾是国有的牧场，多时有奶牛一万多头。在来的路上，这样的牛栏还见到一些。那时的牧场多么大啊！一万多头奶牛放养在山坡上，让我想起了在北方草原上见到的那种景致。

这夜，时睡时醒，眼睛总盯着窗外，盼着天放亮。

清晨的牧场，格外的宁静，利用早餐前的两个小时瞻仰了闽东北特委、军区驻地纪念碑，欣赏了晨晨的草场风光。纪念碑就在离场部不远的一个小山包上。茂密的树林中，立着一块石碑。默读着勒在石碑上的铭文，心想着昨晚读到的有关中共闽东北特委、军分区的介绍：中共闽东北特委和军分区于1936年春成立了，在王助和饶守坤的领导下，选拔骨干力量组成小分队，组织贫民团，培养积极分子，发展党员，组建基层党组织，建立交通站和情报站，建立起了后方医院、枪械制造厂等，击垮了反动民团的势力，粉碎了国民党军队的多次“围剿”，建立了屏瓯革命根据地。1937年冬，这里的队伍编入新四军第三支队第五团，北上抗日，为中华民族的独立和解放而浴血奋战。伫立于纪念石碑前，扪心自问，这支队伍是如何在这莽莽林海中扎根生存的？是党的领导，是人民群众的支持。

沿着小道向着草场走去，两旁森林茂密。很希望能够见到初升的朝阳。走着走着，透过林子的空隙望见朝阳如孩儿的脸慢慢地从山边跃出，嫣红嫣红的。很想寻一个高处，静静地望着它，可这一路，都是密林遮蔽，让心里留下了些许遗憾。走了四十分钟，眼前一片开阔。近处，绿草茵茵；远处，云雾飘渺。眼前的景色一下吸住了我的眼球。

当地人习惯把大片的平地称为“坂”，眼前的这片绿地称作“大坂”，与大坂接壤的山坡上还有一片，称作“小坂”。我顺着大坂的小道走了一圈，三百六十度欣赏了大坂的景色。绿毯铺陈开来，一直向山中延伸。大山的清泉从岩隙中渗出。据说，这里常年流水的山涧有二十多条，有“花溪”美誉。坂中有种鱼叫“坑头婆”，垂钓不用鱼钩。一片绿丛中有红的、白的杜鹃花，还有叫不出名的野花，花开得放纵、开得恣意，漫山的芦苇在微风中轻摇。这一天，天空晴朗，天上飘浮的云朵与山间的雾气相互呼应，宛若仙境。

让我陶醉的还有草场的松。这草场属山地缓坡稀树草场，平均每亩有松十五亩。这松，是黄山松。它们有的孤立地立于草场之间，千姿百态，经雪傲霜而苍劲；有的长在路边的岩石缝中，人们无不赞叹它的生命力的顽强；有的连片生长在绿地中的小山包上，添了这草场的美。

晌午，驱车下了山，车又穿过昨天正在建设的公路。这路，下半年就通车了。到时，从屏南县城上仙山牧场，只需四十分钟。路的开通，让往日锁在深山中的仙境，撩开了它的真容，人们将被他吸引而来，在这里接受一次洗礼。

从昨天来的路返回，心情舒畅，因为满足了心愿。

六月的厦大

二〇一九年六月中旬的一天，去了紧挨着南普陀寺的厦门大学——这座即将迎来百年华诞的中国名校，在那里待了两天。听了一堂邹振东教授的课，又一次看了他在二〇一六年毕业典礼上的演讲。登临学校楼宇的高处，眺望远处的海、厦门最美的桥，欣赏五老峰下的南普陀寺。俯瞰校园，闽南风情的红顶建筑掩映在一片翠绿之中，绿中还缀着点点的红，有的是花，有的则是红叶。映入眼帘的，是一幅图，一幅赏心悦目的图。走过许多大学校园，这番美景，还真是难见，难怪人们称道，这是中国最美丽的大学校园之一。

中午时分，顾不上午休，急匆匆地去了芙蓉湖畔。听人说，厦大之美，最美在芙蓉湖。从湖畔环顾，景色层层叠嶂，远处的五老峰，青绿中岩石嶙峋。稍近处，便是芙蓉楼，也有人称红砖楼，顾名思义是红砖砌成的。芙蓉楼算是厦大的老建筑了。曾经听到许多毕业于厦大的朋友说起厦大，一定会说到芙蓉楼，那里有故事，有曾经的罗曼蒂克。再近处，便是芙蓉湖，蓝天白云映在湖中。这芙蓉楼啊！芙蓉湖啊！是众多厦大学子心中的“乡愁”。

一排芙蓉树列于芙蓉湖畔，红红的花鲜艳地开着。自强不息，止于至善——厦大的校训立于树下。读着校训，耳帘绕萦着邹教授演讲时的一段话：“易中天教授说，大学是用来蒸桑拿的，你最重要的任务就是在这里熏陶。我的说法是，大学是用来回忆的，未来你做梦梦见最多的地方，一定是大学。人物可以换，情节可以换，但场景一定是厦门大学。”两位教授说的是一个意思：熏陶，是在大学期间的浸润；回忆，是离开后的回首。六月的厦大，便是熏陶的结束、回忆的开始。六月是学校的毕业季，这样的季节，充满着依念，充满着不舍，尤因明媚阳光的装点，显得更加温馨、浪漫。

午时的芙蓉湖畔很是热闹，处处洋溢欢声笑语。不时望见穿着学位服的学生或是三三两两，或是双双对对徜徉湖边。芙蓉湖畔不大的圆形广场是芙蓉湖最为热闹的地方。湖光掠影，学校行政办公楼倒影湖中，黑天鹅在湖中悠闲舒缓地游着，不时地还发出几声鸣叫，更添了湖的欢快。不大的广场上，最多的还是身着学位服的学子们，他们以芙蓉湖、以学校的标志性建筑为背景，留下一张张照片。他们知道，带不走整个学校，却可以把学校化作影像。我静静地站在一旁，观赏着广场上这些学子们，来了一拨，又走了一拨。有些是整个班级来的，在小广场后面的阶梯上摆出各种造型，充满着个性与活力。有的结伴而来，自拍自照，也许是同舍，也许是好友，他们想用宝贵的时光，享受友情，留下影像，作为回忆的引子。在这广场上，我还见到两对青年男女，其中一对穿着学位服，两人的手在空中摆出了一个心形，还有一对穿着休闲而时尚的服装，女孩左手捧着一支玫瑰花，右手挽着身边的男孩，头依偎在男孩的肩膀，从他们的眼眸中，可以感受到他们的幸福。

芙蓉湖畔，绿草坪上，可以见到一些景观石，添了湖畔的美丽。许多学子们在这些景观石前留下了他们的影像。这些景观石上，大多有题刻，如“知无央，爱无疆”“美尽东南”……在这些字后，还有一行小题款。从题款中，我知道，这些是往届的校友们送给学校的礼物。学子们日日望着这些景观石，好似感觉到了一种思念，一种学长学姐对母校的思念。在读时，人们是不会把自己就读的学校称为母校的，只有离开了，才会这样称呼。一个“母”字，便让人想起“母亲”，一句“回母校”，那是何等亲切的情感表达。

在湖畔的这个小广场上，还有一些学生伴着父母欣赏着校园的景色，孩子的脸上洋溢着笑容，父母脸上也写着笑意。几年前，父母把孩子送到了学校，他们的心从此牵挂着孩子，关注着学校。牵挂是一种担忧，牵挂又是一种幸福。现在，他们来到了学校，分享着孩子成长的喜悦，他们的心情也如今天芙蓉湖的景色一样，明媚而多彩。同学告诉我，每年的毕业季和新生报到季，家长云集。但是，我分析，毕业季的家长，带着一种收获后的喜悦，闲适而放松；而学生报到季的家长，带着一份对陌生环境的担忧和孩子远离家庭的不舍，在喜悦中多少带着些许焦虑、些许匆忙。我的头脑中映出这样一幅画面，参加学校毕业典礼的家长们，看着孩子接过毕业证书，望着校长轻轻将学位帽上的那根穗从右往左拨时，用手帕轻轻抹去眼眶的泪水，你可以体会到，什么叫喜极而泣。

芙蓉湖畔，不只有即将毕业的同学，不只有家长、老师、那些依旧在苦读的学子，还有旅游团带来的游客们。六月时，是大学校园游的旺季。此时的游客中有不少少年游客，是刚刚参加完高考、即将踏入大学殿堂的学子。他们并不为游而游，而来"考察"，要抓住高考成绩放榜前的时光，一方面调适一下迎考的疲惫心情，另一方面顺带对心仪的大学做一番了解，提前进入大学生的"角色"。在离芙蓉湖不远的思明楼旁，立了一块牌子，那是学校做的一张"准学生证"，照片处镂了一个空，那是专门供拍照用的。我在那儿站立了不到十分钟，拍照的人一个接着一个。

在厦大的两天中，不只在晌午去了芙蓉湖畔，那天傍晚又再一次去了。走上那条短短的芙蓉桥，欣赏着陈嘉庚先生与诸位老师的群雕。然后伫立在湖畔小广场欣赏夕阳斜照时的芙蓉湖景：落日余晖，映在湖上，湖水染上了金晖。那几只鹅，拨动着水，水面泛着微波。

第二天早晨四点多，赶了个大早，又一次到了湖畔，远处的楼被微明的晨曦笼罩着，楼宇透着淡淡灯光。我看看湖色，又望望天色，湖色空灵，天色也空灵，湖色完全是天色的倒影，真是湖天一色，非常的静谧。南普陀的钟鼓声传入耳际，和缓悠远。从这声音中想起了昨天走在芙蓉湖小道上，也听到钟声，那是课钟，钟声厚重而沉稳，这钟声，带给了校园宁静。

芙蓉湖可以热闹，毕业季可以让人忘情，但厦大更多的时间、更多的地方，是静谧的。芙蓉湖的热闹，是静谧后的一种放松。

古村如书，如酒，更如茶

——读《守望乡愁——闽北最后的古村落》

近日，我反复阅读由福建地图出版社出版的《守望乡愁——闽北最后的古村落》（龚延兴、陈剑峰、李昙、龚心蕾主编）。它以图文并茂的形式再现了闽北的六十九个古村落。我一幅图、一幅图地欣赏，一段文字、一段文字地品读，如同一个游者，走进了这些村落。我虽不生于乡村，但曾在闽北的乡村待过十余年的光景，也曾走过闽北的许多村落。当看到画册中的古村落，我有一种“似曾相识，久未谋面”的亲切感，勾起了对闽北乡村的许多回忆，眼帘也浮现出曾见过的村落的影像。至今，与人谈起，我的心中总有些许的遗憾，那时没有相机，更没有今天可以用于拍照的手机，可以将它们定格。这本图册，多少弥补了我心中的遗憾。读了这本图册，可以让那些没有到过古村的人了解古村，激起他们走进古村的兴趣，也留下难得的历史资料，让后人可以通过图册了解古村的曾经。

曾经望着满天闪烁的星星，想到地上的村落。天上有星星，地上有村落，繁星让天空灿烂，村落让大地充满生机。

大地有村落，大地不寂寞、有诗意。乡村是由人们对土地的守望形成的，在农耕社会里，交通极不发达，为了方便耕作，族群在迁徙中择地而居，久而久之便世代繁衍，形成村落。当我走进一个又一个古村，每一个村落都让我感到厚重。那些土地，不仅养育着一方百姓，同时也孕育和积淀出一方文化。乡村是我们的根脉所系。我们从农耕而来，现在生活在城里的人，如果要寻根，无一例外地可以在某个村落找到他们的根，触摸到他们的脉。说有差异，只是时间。每个古村不是只有村民居住的屋舍，还有共同拥有的村落要素，读这本图册时，我极力寻找着这些元素。

一座村落的厚重，在于建筑的厚重。能称为古村落的，古建筑不可缺少：泛着油光的鹅卵石小道、可挡风可遮雨的廊桥、石垒成的房基、村口青石砌成的石牌坊、青砖墙上精丽的砖雕、连片的黑瓦、斑驳的墙面露出黄土甚至可见条条竹片、挂在屋檐下的红红的灯笼……被群山环抱或是为溪水如玉带环绕的古村落，无不透着古朴风貌，弥漫着浓浓的乡愁。如果选择一处可以领略村落全貌的高处，你会看到，一个村落就宛若一幅画，一幅古朴安宁的村居图。随便走进六十九个村落中的一个，都会被这里的古建筑所吸引，都会感到历史久远、厚重。睹物思愁，留住一个村落的古建筑，就留住了一个村落的历史；留住一个村的文脉，就留住了乡愁。从这个意义上说，这本书正如它的书名一样，是一本可以守望乡愁的书。

“养生谷为宝，继世书留香。”耕读传家，这本画册，介绍了许多书院和私塾：峡阳镇的屏山书院，以讲学教化育人。宝珠村的私塾，这里的百姓一贯倡导耕读之风，崇尚科举入仕，一个不大的山村，古时就有私塾六所。这里人才辈出，自宋以来，先后走出进士、举人、贡生等两百多人，素以“文宝珠”享誉四方。凤池村的游定夫书院，宗族设立义田、义仓等奖学基金，制定院训，形成学规严谨、管理规范的教学模式，游氏子弟登科取仕，代不乏人，成为远近闻名的“文臣武将村”。书中还有党城村的右文书院、郑魏村的养蒙书院、小源村的屏山书院、五夫镇的兴贤书院、和平镇的和平书院，横坑村的流芳学堂，等等。除了有书院和私塾之外，书中还有如文昌阁、文庙、魁星阁这样的建筑设施，展示古人对读书的渴望。耕以养身，读以明道，当我看到书院、私塾，耳畔就仿佛萦绕着朗朗书声。一个村落的书院或是私塾，体现出耕读结合的规范布局特征，反映出一个村落需要精神滋润。

宗祠，宗族传承有序的体现。翻看这本书的照片，比较多的图片就是宗祠。我只翻了延平区这个部分，就有峡阳镇的范氏宗祠，大坝村的朱氏祠堂、陈氏祠堂，宝珠村的卢氏宗祠，凤池村的游定夫祠，九龙村的王氏宗祠、詹氏宗祠，剧头村的吴氏宗祠，江祀村的官礼宗祠、王氏宗祠等等。福建的百姓多从中原迁徙而来，在迁徙中，往往是一个家族结伴而行，选择适宜耕种的地方定居。为了体现家族的传承，他们建起了祠堂。一座祠堂，是这个村落中家族信息最为集中的地方。在这里，可以凭吊先人，体会这个家族有序传承的脉络，可以知道涌现出了哪些人物让这个家族引以为傲，可以了解到这个家族的家风家训、治家格言，甚至还有家规。一个村落的宗祠，也是一个家族最威严的地方，族群里需要商议大事、处理问题，都在宗祠里进行。一个村的宗祠，还是这个村里的百姓娱乐之所。每个宗祠，几乎都建了戏台，逢处过节，重大活动，请来戏班子登台唱戏，村民不分族群皆可观看，在欢乐中融洽了村民的感情。曾经与村民谈起宗祠，他们的言语中透着尊敬。我时常把村中的祠堂与城里的博物馆联系起来。一个城市的博物馆用其馆藏文物告诉你这个城市的起源与发展，告诉你这个城市的历史。一个祠堂告诉你这个村的族群从何而来，以及发展脉络。正如书中所说的："各族在村中均建有祠堂……充分体现了古代农耕社会，以血缘为纽带，以宗祠为核心的聚居与布局模式。"宗祠中，有两处的祠名让我颇感兴趣，一是峡阳镇的百忍堂，它是峡阳镇张氏族人的宗祠，倡导"忍""孝"治家。二是建瓯市漈村的清白堂，它告诫族人“慎终追远，清白自守”。

民俗信俗是在日常生活中、在生产劳动中逐渐形成的，体现了百姓对精神生活的追求。翻阅这本书，几乎每一个古村落都有自己的民俗文化，体现了民俗文化的多样性。以元宵节为例，江祀村每年正月十五期间，都会举行祭祀庄武尊王的民俗活动；宝珠村每年正月十五举行“迎桥灯”“祭福主”的民俗活动；村头村每年正月十二日，村人要前往古田临水宫迎接陈靖姑香火，开始一年一度的巡游；剧头村正月十五要游蛇灯。这一民俗的由来，有学者认为，是两千年前闽越文化的遗风。杨源村每年农历二月初九和八月初六，举行规模盛大的民俗活动，祭祀为抗击黄巢战死疆战的先祖。宝珠村有祀奉齐天大圣的信俗，在村后设有供奉孙悟空的小庙。这些民俗的形成，往往与当地曾经发生的重大事件有关，与人们祈求“五谷丰登、风调雨顺”有关，许多民俗活动，体现了对真善美的追求。一个乡村的民俗成了窥视乡村特色的窗口。

楹联匾额是中国传统文化的表现形式之一，也是中国建筑装饰形式之一。翻看这本图册，可以从图片中或是文字中看到许多楹联。“宝华胜景无双地，珠树盈庭第一山。”这是明末学官卢杰镛游历宝珠村后题写的楹联，赞扬了宝珠村的优美风光。“绣钟郭屏巧水人文继双峰，祥发平阳大夫名宦边上代。”这是巧溪村饶氏祠堂中堂悬挂的楹联。这联不仅对村落的环境和饶氏流源做了较好的说明，也道出的昔日巧溪文通武达、箕裘相继的辉煌。同样是在巧溪村，有一座青石构筑构筑的牌坊，这是一座节孝坊。坊上的“映日贞心光昭史乘，凌霜劲节扶植纲常”“数百年来，影响着一代代饶氏族人，成为他们心中永远的精神丰碑，也是至今巧溪村民尊老爱幼、民风淳朴的根源所在”。在村落中，楹联无处不在，可以看出古人是十分重视在日常生活中培树良好家风，传播良好家训。

翻开图册，还有一些诸如训示碑的古迹，它成为古时乡村自治的物证。在下园村，有一块主山禁碑，碑文大意是：主龙山为一村之庇荫，护卫地方富贵之蝉联。严禁对山上林木进行盗砍，以免村运衰退。大布村也有一块奉禁碑，文中提到：“康熙年间奉詹主示禁：其山虽有官民林木，无论公私概留，以荫水源，不许擅行批次……”，并强调“严拿重究，决非不姑宽”。从中可以体会到，重视生态是我们的传统，在古时，百姓就知道生态环境对民生的作用，就知道尊重自然、追求人与自然和谐共生。

走进一个村落如读一部书，饮一坛尘封已久的米酒，品一杯茶。我是这样认为的，每个村就如同写在大地上的百科全书。尽管村落因百姓聚居而成，也如人的指纹、人的脸谱一样，每个村落都有属于自己村落的“密码”。每个村落如同一坛家酿米酒，各家酿造的味各有不同，只有用心品，才能知其味。今天，乡村游越来越为人们所喜欢。乡村游，如何游？可以看看乡村，走走田园，尝尝土菜，享受一方宁静，满足舌尖上的乡愁，但乡村游远不止于此。乡村有根，走进一座座祠堂，你可以清楚地知道，这个家族从哪里迁徙而来，就这样，一个祠堂、一个祠堂地寻着、找着，如同探索一条江、一条河的源头一样，溯源而上，最终寻找到它的源、弄清它的脉。乡村有魂，一座座祠堂，那里有受到家庭景仰的先贤的姓名。人们崇敬先贤，为了纪念，也为了传承与激励后人。当我们观看村中的各种民俗信俗活动时，细细探究它们，其中寄托着一种期盼；当我走进庭院，观赏着一副副楹联、仰观块块匾额。漫步溪旁或山道，欣赏摩崖题刻。登临文昌阁，驻足书院，文气盈胸。记得曾经在一处古厝，读到镶嵌在窗子上的一幅对联。主人告诉我，他的爷爷告诉他，这联是老祖宗留下的。当时我想着，如果到了夜晚，书声伴着蝉鸣，烛光映窗，那是何等意境啊！到今天，当我坐在灯下读书时，脑海里总会想到那番意境，因为，那意境温馨。

乡村最接地气、最富诗意。不论是唐诗、宋词，还是今人的诗句，其中最容易入诗、入词的字词往往是最接近大自然的，最接近田园风光、最反映农耕生活的。何也？因为它与人想寻的那番意境最契合，最能唤起诗人心中的诗意，最能让文人墨客抒怀，最能让人忆起乡愁。

走进乡村，去读那本书，去品那坛老酒、那壶茶。这本图书，采撷了六十九个古村落的精华，读它，品它，是一种享受。

寻 根

又一次走进这片红土地，走进“成功从古田开始，胜利在这里启航”的上杭县古田镇。正是七月时节，古田会议旧址前的大片荷花绽放，早晨的荷叶、荷花沾着晶莹的露珠，娇滴滴的。我走在荷田旁的栈道，欣赏着一朵朵荷花，红色的，白色的，有的已经完全绽放，有的还是含苞待放，有的却是完全落去花瓣，只留下一支莲蓬。古田会议旧址依着青山，“古田会议永放光芒”八个嫣红大字，在晨曦中显得格外醒目。这几年间，已经好几次来到古田镇，每一次走进古田，一定要来到这里。这座建筑承载着一个重大事件，中国共产党在这里召开了对建党、建军有着重大影响的古田会议，确立了思想建党、政治建军的原则。我走进旧址，静静地观赏着每帧图片，默默地读着每一段文字，每次的走进愈加感到它的厚重。

离旧址不远的地方，便是毛泽东纪念园。这园，建在山丘之上。站在山下仰望，晨阳照着山丘，照着周围的翠竹，显得明媚。拾级而上，每登一级，步履变得愈加缓慢，心头的崇敬感油然而生。伫立在用汉白玉制成的毛泽东塑像前，沐浴朝阳，神采奕奕。环绕着塑像，慢慢地走着。基座上，雕刻着毛泽东的六首诗词，其中《清平乐·蒋桂战争》《如梦令·元旦》《采桑子·重阳》是毛泽东在闽西期间创作的。我轻轻地吟诵，一幅画面跃入脑海，眼帘浮现出一支长长的红军队伍，浮现出“分田分地真忙”“山上山下，风展红旗如画”的红火景象。站在塑像前眺望，可望见古田镇。整个镇子坐落在盆地中。晨雾绕着远山，几只飞鸟从头顶飞过，几声欢乐的鸣叫，给这宁静的早晨带来了许多的欢快。古田镇的清晨，安静祥和。耳际绕萦着军号声，这声音从 20 世纪 20 年代穿越而来。又一次回头仰望毛主席像，这尊塑像，用相关尺寸寓意毛主席生平重要时刻和中国革命重要历史。我凝望它，从它的基座等建筑物件上慢慢地解读它的含义。

那天下午，驱车去了古田镇的苏家坡村。这村，是个畲族村，坐落在国道边上的一处山谷之中，全村都姓雷。车从国道边上的岔道驶下，整洁干净的村落映入眼帘。村支书是位企业家、市人大代表。我问他为什么回村，他很简单地回了一句：“为了一份承诺。”他说，当初选举时，答应村民的，选上了就要承诺，不能说话不算数。我又问，现在村民收入多少。他说：“最低的有两万多了。如果按人均计算，那就高了，因为村里的企业家比较多，他们的收入高。如论人均，数字虽然高了，但是许多老百姓却不能从这数字中得到实惠。”听了他的话，我觉得这支书实在。

支书领着我们到了鸿玉堂，这是一座古厝，是闽粤赣三省干部培训班旧址和中共闽西特委干部培训班旧址。这座古厝，为传统民居，进门迎面便是天井，天井之后是大厅，天厅的两旁是厢房。大厅之上，可以看到十多张非常简陋的课桌。1929 年，毛泽东来到苏家坡，利用养病的这段时间，为培训班授课。静静地伫立于客厅，抚摸着课桌，仔细地阅读着墙上张贴的课程设置——《合作社讲义》《群众课本》《党的建设讲义》《党的建设问题讲授提纲》《中共闽西第一次代表大会政治决议》……1929 年，条件是那样的艰苦、那样的恶劣，就是在这样的条件下，党依然重视对干部的培养，在一个小小的山村里，办起了有三省干部参加的培训班。通过贴在墙上的课程设置，让我知道党的建设是培训的重点课程。静静地望着一张张课桌，思绪却飞到了延安，飞到了西柏坡。我曾经去过延安干部学院接受培训，瞻仰过延安纪念馆、抗大旧址、延安鲁艺。授课老师告诉我，在抗日战争时期，在延安创办的各类干部学校就有四十多所。当时我听了之后，有些难以想象。后来，又去了西柏坡。在我们党即将夺取政权，进京“赶考”前夕，党中央在西柏坡只有一年多的时间，却创办了中央党校和马列主义研究院。我找到了思考很久的问题的答案：越是艰苦的环境，越是困难的时代，我们党越重视干部的培训。我们说红色基因，这基因，包括着学习的基因。

第二天上午，去了上杭县才溪镇。才溪因毛泽东《才溪乡调查》闻名遐迩，为了纪念毛泽东的《才溪乡调查》，建了才溪乡调查纪念馆。我走进纪念馆，听着讲解员的讲解，看着墙上的一帧帧珍贵的照片、一组组数据、一个个人名，心中非常感慨。毛泽东于 1929 年 6 月、1932 年 6 月和 1933 年 11 月三次到才溪调研，走村入户，掌握大量第一手材料。认真翻阅着讲解员递给我的《才溪乡调查》，调查报告全文九千多字，最大的特点是数字说话，从才溪乡区划的基本情况，到代表会议的代表数、代表团的构成、代表的政治表现等等，整个调研报告共有七个部分，每个部分都有大量翔实的数字。既使在今天的信息化时代、大数据时代，要做如此细致的分类，也是要下一番苦功的，更何况在 20 世纪二三十年代统计还处于算盘时代。透过这一组组数据，我读出了这数据背后的情感，看到了当时才溪作为“中央苏区第一模范区”的“闹革命走在前头，搞生产力争上游”的生动红火场面。在纪念馆里，讲解员还动情地介绍才溪乡：在当时仅有 1. 6 万人的小山乡，有 3762 人参加红军，占当时全乡总人口的 20% 和青壮年男子（16—55 周岁）的 80%。其中

1192人牺牲在疆场，才溪也因此被誉为“烈士之乡”。在1955年授衔时，由于才溪有9个军级干部、18个师级干部，于是又有了“九军十八师”“将军之乡”的美誉。记得在古田干部学院，与一位老师交谈，她的家乡就是才溪，她说，她的爷爷就是一位烈士，在才溪，几乎家家户户都有为革命牺牲的烈士。毛泽东在《才溪乡调查》“代表的调动与补选”这个章节有几处文字：“上才溪五十三位代表，去年十一月选举的。到今年十月十四日再选举时，当红军的二十七年……”“下才溪七十三位代表，今年红五月，当红军的十一人……七月又有当红军的十五人……”第二天，我去了长汀中复村，那里是红军长征的出发地之一，也是松毛岭阻击战指挥部的所在地。那里有一座红军桥，在一根柱子上，刻着一条线，郎儿参军，先在这柱子上量一量，高过这条线的，发给枪当红军。凝视这根横线，用手轻轻地抚模着它，一幅画面浮现在我的眼前，一批战士告别乡亲参加红军，一个又一个战士排着队，等着那根横线的“测量”，通过“测量”的战士，提着枪，向着松毛岭方向奔去。我在心里问自己，是什么力量，让闽西儿郎如此义无反顾。

走出纪念馆，穿过一片荷田，到了才溪区苏维埃政府旧址。旧址的大门左侧的墙上保留着苏维埃政府文化部编的墙报。墙报上端为“开展思想斗争”，左右两边有两条标语。

右边是“勇敢，勇敢，再勇敢”，左边是“学习，学习，再学习”。墙报分为六个小栏目，其中论文、时事、表扬、批评有具体内容。我读完批评栏内的内容，受到强烈触动。栏内有四条批评意见，条条具体。我特意将第一条、第二条意见一字不落地抄录下来：第一条批评意见：张富来在查田运动中，只知道自己生活，把十三担好田换给自己，经常吃东西比别人好，表现很不好。第二条批评意见：土地科长刘发亮不做实际工作，专吹牛皮，认为土地肥沃用不着肥粪，用不着人工，还说“我这里的田明天要栽秧，今天来做田还不会迟”。这种土地科长要得吗？这两条意见，直接指名道姓，直指问题，批评谁，批评什么，批评者的看法，直接明了，一针见血，不搞弯弯绕，不遮掩粉饰，与墙报上的“开展思想斗争”十分契合。我读了这两则批评意见，加深了对“刀刃向内”的自我革命精神的理解。走进大厅，迎面可见贴在柱上的两幅标语“我们的旗帜马克思主义”“我们的武器列宁主义”，开宗明义，旗帜鲜明，令我体会到当时的苏维埃政府对政治建设的重视，体会到了政治建设的重要性。

走出旧址，天朗气清，溪流两岸绿树成荫，村庄新楼林立、街道整洁。同行的同志告诉我，才溪镇还是闻名的建筑之乡，许多能人在外创业。整个才溪镇，安静祥和又充满生机与活力。

那天下午，又去了位于中复村的观寿公祠。走过红军桥，穿过那条鹅卵石的老街道，小道低洼不平。刚刚下过一场小雨，路面有些湿滑。街道两旁依旧是木制的低矮的小店，店里卖着当地的一些土特产。不是周日，小店显得有些冷清。

观寿公祠，是一处祠堂，虽然有些古旧，但沧桑之中依旧让人感到它的恢弘。门口的一块石碑碑文记载："一九三四年秋，松毛岭战斗指挥部设于此。九月三十日，中央主力红军红九军团在观寿公祠前广场集结，举行誓师大会，告别父老乡亲，进行战略转移，开始了举世闻名的二万五千里长征。"另一块石刻上铭刻着"红九军团二万五千里长征零公里处"。走进祠堂，一件件实物，生动反映了松毛岭战斗和红九军团长征的景象。

与数倍于我的国民党军队血战七天七夜，伤亡六千多名红军战士，这样的场面是何等的壮烈。

中复村，红军长征第一村，一支队伍从这里出发，踏上漫漫长征路。在他们心中，不知道路向何方，但是，他们有坚定的信念，党指向哪里，他们就走到哪里，他们不畏艰险，不顾生死，向前，向前。有人告诉我，长征路上的每一公里，都有一名闽西儿郎倒下。有人做过这样统计，近三万闽西子弟兵参加长征，到达陕北时只剩三千多人。这块红土地，血染而成；这块红土地，忠诚铸就。

每一代人都有每一代人的长征，每一代人都在长征精神激励下，进行着自己的长征。

这片红土地，这条长征路，铭记于心。

咏茉莉花茶

茉莉花茶，茶之珍品，盛产闽中福州，至今有一千多年历史，享“人间第一香”之美誉。

究花之源流，借“海丝”之路落户福州。福州人甚喜其白之素清影，淡雅之韵味，赞其“玉骨冰肌、淡泊名利”之品质。

大山深处茶芽嫩，广袤田野茉莉香。花茶，清气氤氲，雨露滋润，阳光沐浴，可谓“风烟借颜色，雨露助华滋”。冬去春来，山木吐绿，新芽鲜翠；夏秋之时，花影婀娜，花香沁人。

茶与花之结合，宛如有情人终成眷属，可谓绝配。清晨撷雨露，茶花香自来。花香窨茶中，茶盈茉莉香。只见香弥漫，不见花影在。

茶置晶莹杯中，沸水沁入，静观其翻滚，如倒海翻江之磅礴；旋即轻摇，如一叶轻舟水中荡漾。雾气飘绕，清香四溢。赏其汤色，黄绿明亮，淡雅澄澈；品其茶水，鲜灵持久，馥郁温润。

亲朋好友相聚，饮茶数盏，其乐融融，尽享时光；劳作归来，品茗一杯，生津解渴；夜伏案头，花茶相伴，室生雅气，消困解乏，思路泉涌，茶香和着书香。

听一曲《茉莉茶歌》，品一口茉莉花茶，赏生活之美，享茶味之趣。

北戴河观日出

去北戴河观日出，是大多数人的一个心愿，如果没有看到日出，总会感到有些许遗憾。

曾经在十多年前去过北戴河，在那儿待了十多天，可真就没有看到日出景象。十多年来，一直有这样一个心愿：再到北戴河，一定要去看看日出。

从福州出发，正遇上利奇马台风，心想着，不错啊！南方正逢台风，可以北上避开“利奇马”的骚扰。可到了机场之后就开始担忧，台风从浙江登陆之后，一路北上，天津正下着大雨，航班不能按时起飞。好在经过协调，短时间内换了航班，我们改道北京，再乘大巴往北戴河。车在高速路上跑着，雨拍打车窗如雨帘，透过流淌的雨流，可见风狂雨骤，这番情景，正是榕城最常见的台风景象。在福州没有感受到利奇马的威力，倒是在北方看到了它的疯狂。

这样的天气持续了好几日，把我困在房间里。夜里，听着外面呼呼狂啸的风。白日，上饭堂用餐，雨斜打着伞。我问服务员，这样的风雨常见吗？姑娘笑答：过去真的不多见。

不多见的却让我们见到了。雨就这样下了三天，心情也变得有些焦虑，难道这次又见不到日出了吗?

风终于住了，雨也停了，因台风而关闭的海滩浴场也开放了。仰望天空，蓝天白云，天际格外明朗开阔，知了此起彼伏地鸣叫，心情变得愉悦，燃起了我观日出的欲望。打开手机，上网查了一下，第二天的日出时间是清晨五点十三分。

是夜，虽早早休息，但一直是眠非眠，总是惦着日出，不时地拿起手机查看时间。四点多钟便去往海边，走在路上，不时有三三两两的出租车从身边疾驶而过。到达海边时，只见有些讨小海的人捉着小蟹、拾着贝壳。我一直以为，是海，总可以望见日出。没曾想到，这海湾，见不到日出。抱着遗憾离开这片浴场，寻着天边嫣红的方向匆匆行走，拐过了一个弯又一个弯。

心一下子愉悦起来，三步并着两步向着海滩奔去。站在海岸边，注视着已经完全跃出海平面的太阳，圆圆的，白中透着黄，海平面从嫣红渐渐变得金黄。天际的这番绚烂阳光洒在这片海，洒向伸向海中的栈桥，洒向岸边的沙滩和礁石……只要阳光能映到的地方，都如同染上了一层金色，波浪哗哗地涌向沙滩，拍打着不远处的礁石，卷起了浪花，浪花带着金色的晶莹。

走向水泥浇铸的栈桥的终端，一个老人，坐着垂钓，那缕阳光照在老人身上。老人悠闲地坐着，任鱼线在海中漂荡。突然间，有一根鱼线下沉收紧，老人猛地从座位上站起，身手敏捷地收竿，一条一斤多的鱼收入边上的桶中。我问老人，一天能钓到几只。老人说："不多，有时可能一只也没有。"他停顿会儿又说："不在于钓多少，主要是呼吸一下新鲜空气。"老人之乐不在于渔而在于垂钓之乐也。

太阳不断地升高，离海平面越来越远。不过十多分钟的时间，变得有些刺眼。这个时候，再想拍照，留下的只是黑影。

第二天早上，就要离开北戴河了，心里还是想着，应当去享受一下太阳跃出海平面瞬间的感受。有了头天的经历，第二天一早就直奔海边，伫立海边，任海风轻轻吹拂，欣赏太阳升起处天边的万千景象，那是长夜中最先启明的地方。太阳尚未露出真容，阳光已经将天边照得绚烂，像是为跃出做一番预热。

浪拍着岸边，哗哗哗地为太阳的跃出而吟唱。一群鸥鸟，盘旋在海面上，不时地发出几声鸣叫，这声音，透着欢快。

在这吟唱和鸣叫中，海天之间，先是红红的一点，接下来便是一道弧线，再接下来，弧线越来越大，先是一个小小的半圆，渐渐从半个圆到一个圆，最后整个圆镶嵌在海天之间。

日出，开启了一天的希望，给人憧憬。朝霞晕染天际，晕染海水，充满浪漫，让人感到温柔，如同一个孩子，富有童真，充满稚气，然又是那样的磅礴。镶嵌海天之中的金黄色的太阳，蓄积着无限能量，升高，再升高。

咏白茶

白茶，中国六大茶类之一也。

人言：世界白茶在中国，中国白茶在福建，福建白茶在福鼎。福鼎，居福建之东北门户。其域内有名山太姥，生长一茶树名“绿雪芽”。与武夷山“九龙窠大红袍”为武夷岩茶之母树一般，“绿雪芽”为福鼎白茶之母树。唐陆羽《茶经》记载：“永嘉东三百里有白茶山。”后人验证，东为海，实则为南，南即福鼎。福鼎，白茶之故乡，后渐推之闽北、闽东其他县域乃至云南诸省域。宋时，官家茶园设于建瓯，制作白茶。政和之县名即因向宋徽宗进贡茶银针，“喜动龙颜，获赐年号而得之”。清时，白茶随“丝路”漂洋过海、走向世界。

白茶，微发酵之茶品，不经杀青或揉捻，可自然晾晒，可室内萎凋，可复式萎凋，文火烘干，较之其他茶叶制作，过程简单，工序最少。白毫银针为白茶之上品，依次为白牡丹、贡眉、寿眉等。今人喜将新茶贮之，随岁月自然发酵，谓老白茶。

饮泡白茶方式较为简单，如制茶一般，没有繁杂之程序。白茶可置于煮茶器中煮之，汤色黄绿清澈，滋味清淡。煮一壶茶，香气盈屋。

朋友相聚，煮一壶白茶，听仙翁指点蓝姑采茶治麻疹、太姥娘娘指点陈焕分种绿雪芽、太姥山之由来，……品茶，不只享茶之滋味，还受茶文化之熏陶。

是夜，独自品白茶，细细缕之，作《咏白茶》一篇，以表喜好之情。

三明万寿岩：一处可以触摸远古的地方

2000年1月1日，时任福建省代省长的习近平对万寿岩遗址保护作出重要批示：三明市万寿岩旧石器时代洞穴遗址是我省史前考古的首次重要发现，也是国内罕见的重要史前遗存，必须认真妥善地加以保护。

习近平在批示中强调，保护历史文物是国家法律赋予每个人的责任，也是实施可持续发展战略的重要内容。万寿岩旧石器时代洞穴遗址作为不可再生的珍贵文物资源，不仅属于我们，也属于子孙后代，任何个人和单位都不能为了谋取眼前或局部利益而破坏全社会和后代的利益。

——摘自新华社《习近平总书记关心历史文物保护工作纪实》

这个遗址很重要，必须保护。

——考古学家贾兰坡

人类起源的重要物证，人工建筑最早的实物遗存十分珍贵。

——考古学家罗哲文

这是一处十分难得的遗址，一个非常重要的发现，更是一笔值得全人类共同呵护的文化遗产。

——美国考古学家巴尔约瑟夫

非常有意义的发现，你们有世界其他地方不能比拟的研究机会。我祝愿你们的科考工作取得最好的成果。非常感谢你们将这一遗址展示给我们。

——美国图尔萨大学教授乔治

这里被列为第二批国家考古遗址公园。这里的人视它为穿越时空的熠熠生辉的三明文化之光，引以自豪的城市名片。

——《万寿岩——三明旧石器遗址保护记》序

看完以上这些文字，在你的心目中，一定已经有了这样一个印象——这是一个不一般的地方，进而心中产生走进它的欲望。这个地方便是三明的万寿岩。

2019 年 9 月底的一天，我也去了万寿岩。金秋时节，天朗气清，我乘车从三明出发往西。车行在中低山地中，不时可见一片金色的稻田，不时又可见稻子收割后的旷野，不时还可以望见溪流，又是一年秋来时。望着这番景色，心里感叹光阴难留、时光易去。大约三十分钟，我们便到了岩前镇。岩前之名，是否与万寿岩有关系？当地的同志告诉我，岩前镇与万寿岩隔溪相望，当地村民视万寿岩为风水宝地，皆谓“家住岩之前”，便有了岩前这一地名。这一天，正是农民丰收节，这里会举办纪念活动，不少村民带着自己的丰收果实，从十里八乡汇聚到这里，喜悦洋溢在脸上。从他们的脸上表情可以看出，今年又是一个丰收年。

我们从镇边上的省道拐进一条小道，眼前豁然开朗，一面连着山，三面环着溪。欣赏这景色，容易想起“看得见山，望着见水”“青山绿水”。当地的同志告诉我，从高处俯瞰岩前地形，就像一张撒开的网。前人有“仙人撒网”之喻。这番比喻，倒让我想起了陶渊明在《桃花源记》中描述的那种景致啊！心里佩服先人们的智慧，在几万年前就选择了依山傍水，下河可捕鱼，上山可采果的地方作为自己的生存之地。

透过车窗，可望见中央有一山岳，这山岳就是我们想见的万寿岩。它背靠重峦叠嶂的大山，面朝视野开阔的盆地，渔塘溪蜿蜒从面前流过。车在离山洞大约一百米的地方停下。下车后，我发现，这条小路，左边是山洞，右边便是溪流，溪中碎石杂陈。来之前，查了有关资料，资料记载，这是一座石灰山，海拔三百五十七米左右，相对高度一百七十五米，处于一个相对独立的山水环绕的地理小单元中。

我们所处的位置，是万寿岩西坡岩脚。展现在眼帘的是一个巨大的山洞，洞口朝西，考古工作者将这洞取名为船帆洞。洞口大而内窄，往里望，洞内十分宽敞，钟乳石低垂，整洁中又有些荒芜。凝视石洞，我想到了城堡、土楼、庄寨，它们属于建筑。在旧石器时代，由于科学技术的极不发达，洞穴就是他们的居所，宽大的洞穴冬暖夏凉，既可以遮风挡雨，又可躲避猛兽袭击，是那个时代的理想栖息之地。尤其是眼前的山洞，林木葱郁，气候宜人，采集和狩猎资源十分丰富。从这个山洞，我似乎感受到了那个时代人的聪慧，他们已经知道选择安居之地的重要。

洞内为了更好地保护遗址，用木板铺设出一条栈道，供人们参观时行走。我走在栈道上，把脚步放的特别轻，总怕惊扰了远古先人们。边走边看，发现洞的后部分布许多小支洞。在大洞和小支洞的洞壁上，可见残留的胶结坚硬的钙板残迹。洞中钟乳石发育较好，洞口南侧有一处直径三米的钟乳石直插洞底。这番景色，很容易让我想到将乐的玉华洞。走进玉华洞，地下河潺流，经年累月的水滴，将地下岩洞凿出一个个润滑如肌的碗状石臼。我不知道，这一条条低垂的钟乳石是在岁月中渐渐凝结而成的，还是几十万年前就是这般的。

洞里有一块孤立的石块。遗址公园的负责同志站在这块石头前，饶有兴趣地给我们讲起这块石头的意义。这块岩石，有一列标号，以此来标识遗址的文化层。他说，石铺地面之上的地层，共编了十个层面。其中，第一层至第三层为宋元至近现代地层，第四层为间歇层，第五层至第七层为旧石器时代文化层。他说，这七个层面，将人类各个时期在洞内活动所形成的七个层次的堆积，全套保留了下来。其中第五层面被定性为上文化层，第七层被定性为下文化层。他指着第五文化层和第七文化层说，这两个文化层土色和包含物都明显不同，说明了这两个层面有着不同的文化内涵。说实话，他的介绍，我并没有完全听懂，只给我一个印象，在这个洞里，一万年前至少有两批人进洞活动过。第一批人在洞中营筑了一个石铺的活动面，生活了一段时间后，出于某种原因而迁徙异地。过了相当长的一段时间，石铺地面遗址已被深埋于自然冲积的泥沙之下，这时有另一批人进洞活动。

公园的负责人特地领着我们看了两处。其中一处是洞内的排水沟槽，从沟槽的痕迹上明显可以看出经过修凿加工。另一处便是石铺地面。已揭露的大约一百二十平方米，平面呈不规则凸字形，铺设较为随意凌乱。他说，石铺地面所用的石料全部都是一些大小不一、磨圆度中等的灰岩角砾，其中也夹杂着几块河滩砾石。从地质常识上讲，溶洞本身会产生灰岩角砾，但绝不会产生河滩砾石。这些河滩砾石，只能是人类携带进来的。种种迹象表明，石铺地面是当时船帆洞的主人，为改造自身的居住条件和生活环境有意铺设的。他还给我们讲了考古挖掘中的一个故事：1999 年 10 月 18 日下午，沉闷的工地突然有人激动地叫起来。“哇！这颗牙好大!”“这是一颗巨貘的牙齿!”“对！它是一万多年前的灭绝种”因这颗巨貘牙齿的发现，终于可以肯定地说，这是一处旧石器时代的洞穴遗址，年代超过了一万年。考古人员惊叹地说：“这是一处多么不可思议的远古石铺地面！这是一片多么神奇的史前洞穴遗址啊!”文物专家罗哲文曾风趣地说，万寿岩遗址的史前人工石铺地面，堪称史上最早的室内装修工程，充分显示了远古人类的聪明才智和改造自然的伟大创举。毫不过分地说，人类建筑史就得从万寿岩写起。先生的这句话，深深触动了我。这是一个山洞，更是一处远古时代人类的居所。尽管这个居所有些简陋，但已经是带着人工改造的痕迹。行走在船帆洞的栈道上，脑海中一直在想象着，旧石器时代的人的样子以及他们是怎么从事生产劳动，是如何生活的？他们又是如何进行语言交流的。对于他们，我充满着好奇。

环顾山洞，越看越感到它的深邃。阳光照射着洞穴，加上灯光的照射，洞壁色彩斑斓，壁面凹凸，给人强烈的沧桑感。其实，万寿岩遗址的洞穴不止这一处，还有碧云洞、灵峰洞、龙井洞，只是时间的缘故，没能一一参观，只是从远处眺望。公园负责人告诉我们，帆船洞中的一个小洞可以通往龙井洞和灵峰洞。我在心中琢磨着，当时生活在这里的人类，是生活在各自的洞里呢？还是四个洞的人组成一个共同的家园？

我们又去了博物馆，那些万寿岩挖掘出来的文物深深吸引了我。在这里，我看到了帆船洞遗址出土的石器，下文化层出土的近四百件，上文化层近八十件。用今天的眼光来看，这些石器只是经过简陋的打制，显得粗糙，但它证实了旧石器时代的人们制造和使用简陋的木石等工具，从事采集、狩猎及捕鱼等生产劳动，过着原始血缘公社的群居生活，为后世文明社会的诞生奠定了技术基础。

在参观即将结束的时候，我问了公园的一位专家：万寿岩的远古人类与我们今天的人类有什么关系呢？他说，古人类与现代人类没有直接的关系，也就是说，那时的人类与现代人类没有直接的血缘关系。但是，万寿岩遗址，让我们了解了旧石器时期人类的生活状况，了解了人类进化的历程。

听了他的一席话，我了解了人类从起源经历了远古，度过了蛮荒，从旧石器时代到今天，从晚期智人到现代人，在历史的长河中，创造了人类文明。

走出万寿岩，站在那片开阔的盆地上。离山岳不远的地方，庆祝丰收节的活动正在进行，锣鼓喧天，载歌载舞。渔塘溪水潺潺而流，水流得那样和缓，水又是那样清澈。我想，可以与万寿岩联系起来的，只有这条溪，也许从远古时期开始就是这样流着，随着岁月流着，不舍昼夜，直到今天。

当然，还是那座有着一千多年历史的古村庄。从旧石器时代的洞穴到这有着悠久历史的村居，也是一种传承。这里的村民从中原迁徙入闽，初居建州浦城，又迁居邵武，其中一支又迁徙定居岩前，在这些建设了属于他们的家园，一代又一代地守望，繁衍生息。这个村落有六坊：文坊、行坊、忠坊、信坊、龙头坊、龙西坊，无须走进村落，仅从它们的名字看，就已经体会到村落的文化底蕴，感受到浓郁的农耕文明的气息。这里的奇峰异洞、幽雅书舍，吸引了无数名人雅士到这里讲学读书，留下了许多传说故事和名作诗篇，也使这里成为先贤辈出之地，尤其在宋代，这里成了理学思想的传播之地。宋时，这里曾建有翠云书院，是“闽学四贤”的一个重要的活动场所。据《杨岩浮桥书册》载，朱熹父亲在 1139 年带着朱熹在这里求学。“熹阅书毕，嬉于庭前‘半亩方塘’。”李侗让他以池为诗，不多会儿，朱熹持枝划地而书《观书有感》，“半亩方塘一鉴开，天光云影共徘徊。问渠那得清如许？为有源头活水来。”李侗从这诗中看出朱熹日后必成大器，并为其取字“元晦”。我对这一记载，有些存疑，因为根据《朱熹大辞典》记载，朱熹的字为朱熹老师刘子翚所取。半亩方塘更是有各种说法：如尤溪县南溪书院“半亩方塘”、建阳考亭“半亩方塘”、建阳童游乡“半亩方塘”、浙江淳安县“半亩方塘”、浙江新昌县“半亩方塘”。我记得，曾经到过武夷山的五夫镇，那儿的紫阳书院也有一处“半亩方塘”。但不管怎么说，看出了这首诗的影响力，说明了“半亩方塘”成了文人骚客、莘莘学子寻找朱子文化底蕴，追慕先贤的神圣之地。

万寿岩，是一处可以洞察远古、触摸远古、与远古对话的地方。岩前村，又是一处可以窥探农耕文明的佳处。

（本文在写作过程中，参考了政协福建省三明市委员会编写的《万寿岩——三明旧石器遗址保护记》，衷心感谢）

走娘寨

很早就听说，闽清县省璜镇有个寨子，名叫“娘寨”。令我感兴趣、想去看看的，是这个寨子的名字。这个名字中有一个“娘”字，心想着，这肯定与女人有关吧！

国庆节这天，在闽清工作的朋友热情相邀，从省城福州出发，大约三十分钟就到了高速梅溪收费站，下高速，穿过新开的隧道，不一会儿功夫就到了省璜镇。多次到过省璜镇，以往都从金沙下高速，走坂东。原来从闽清县城到省璜，就要耗去近一个小时。如今这条隧道，把原本被大山阻绝的几个片区连接起来了。望着车外，此时正是金秋时节，有些田野中稻谷已经收割完了，有些还没有收割，阳光洒在金色的稻谷上，熠熠生辉。

出于好奇，路上就迫不及待地请朋友给我说说娘寨的由来。朋友或许已经猜想我会问起这事，或许是因为为了消除大家旅途的寂寞，事先做了些功课，立刻详细地为我们讲了娘寨的故事：

清顺治年间，也就是四百多年前，从河南迁居而来的张姓家族在这群山环抱之地繁衍生息，家业日兴，人丁渐旺。正是应验了树大招风、家旺引贼的老话，邻县的一伙土匪盯上了张家。一天，当家奶奶郑春娘带十岁的孙儿外出回来，一进寨口，就看到了一伙土匪正在洗劫村寨，耳边不时传来凄惨的叫喊声。郑春娘忙拉着孙儿钻进路边草丛中。土匪打家劫舍，杀人掠物，离开时还一把火烧了村寨，全村一百多口倒在血泊中，只有郑春娘与孙子二人，幸免于难。

从此，建设一个山寨成了郑春娘心中的一个愿望。一次，她走在离家不远的山路上，一阵风把她头上的斗笠刮落到低处的一个山包上。在拾斗笠的过程中，猛然发现，这山包可能是建寨的佳处。

朋友说着，我认真听着，沉浸在故事之中。记得车到了省璜镇，就拐进了一条右边的山路，路还是水泥路面，只是变得窄了些，也更加弯弯曲曲，刚转过一个弯，接下来又是一个弯，眼望车外，山峦重叠，轻雾弥漫。我正估摸着，快到了吧！朋友说："你看，那就是娘寨。"

车在离寨子不到三十米的小广场上停了下来。我下车，举目望着庄寨，寨门上，悬挂着"娘寨"的匾额。我正想拾阶而上，走进寨子，探个究竟。一位老者热情地说，先吃饭，饭吃完后，我带你们慢慢地看。

我一看时钟，正是晌午时分，确实到了用餐时间。朋友也附和说，先吃饭吧，吃完后咱们细细地看。朋友很热情地介绍这位老者，他姓张，原本在县里工作，退休后，回到村里，重新翻修了老房，把很大一部分精力放在了娘寨修整上。老人给我讲了许多有关娘寨修整的故事，从他的故事中，我想到了乡愁“就是你离开这个地方会想念的”。老人心中有乡愁，乡愁如一根看不见的线，始终牵着他。娘寨是他的一个乡愁，时时地唤着他，回来吧！重整娘寨，留住了庄寨，才留得住乡愁。

老人很热情，为我们准备了以当地物产为主的午餐：土鸡、发力草炖猪脚、泥鳅煮粉干、闽清豆腐、芋子、马铃薯。最让我感兴趣的，还有现舂的糍粑，一下子把我心中的乡愁激发出来。拿起木锤抡起，木锤在空中划出一道弧线，打在石臼中的米泥之上，那样的柔软。米泥粘在木锤上，边上的人用清水将这些米泥刮下。一下，二下……我的眼帘仿佛浮现出了插队时的那番情景，这木锤的响声，一般也只是秋季丰收之时、在百姓家中办大事时才能听到。

心里还是惦着娘寨，悄悄地溜出院落，独自站在远处，静静地欣赏。蓝天白云，群山绵延，近处山谷的稻谷已经收割，芋叶依旧青绿，收割后的田野的金黄与芋叶的青绿构成了一幅图景。望着这片原野，我更加理解我们为什么把秋天称为“金秋”。一片开阔之中，娘寨非常安静地、稳稳当当地坐落在山包之上，镶嵌于蓝天白云之中，定格在绵延群山之下。绿树衬托，寨子的斜面屋顶白檐嵌边、错落有致，只有那柔和的翘角微微地伸向蓝天，仿佛一只只友好的手，向蓝天招手，向天际问好。望着蓝天之下、群山之下的娘寨，一股对先人的崇敬之情油然而生。无论建筑格局，还是装饰艺术，娘寨都很好地表现出与大自然的和谐相处，让人感到这座建筑建在这里恰到好处。倘若先前不告诉我有关娘寨的故事，很难从中嗅到浓浓的烟火味。

吃罢午饭，老张领着我们走进寨子。去的路上，我看到一棵树下挂着一盏盏纸糊的灯笼，灯笼上用黑墨写着“娘寨”二字，古意中又透着深沉厚重。这便是古时的路灯，夜深时，忽明忽暗，照着回家的路。我们顺着寨子的石墙往前门走去。热情的老张专门唤来一位姑娘为我们当导游。

寨子分成两个部分，基座由石块垒砌而成，上部是泥土夯打成的土墙。曾经到过永泰，那里现存有一百五十多座庄寨，也曾看过南靖土楼，其基础部分都是石垒的，其建造的目的都是为了防范兵匪骚扰。但是，整个娘寨高八米，石垒部分就有六米，土墙部分只有两米，还不多见。我估摸，有了前车之鉴，郑春娘在寨子的防御功能上格外下了功夫。我轻轻地抚摸着，石块一块挨着一块，每一块都相互咬合，经年累月，栉风沐雨。我分明感到每一块石头都渗透着郑春娘的情、郑春娘的智慧。要把这些石头采集并且垒砌而成，要消耗多少的劳动力？而这个寨子的建设只用了三年时间，这样的速度让我感到惊奇。寨子建到一半的时候，有一些工匠担心被欠工钱，消极怠工。郑春娘知道后，命人将一大袋的铜钱银锭拿到阳光下暴晒，这才打消了工匠们的担忧。从这点看，郑春娘的聪慧就可略见一斑。

寨子的正门建在可以俯瞰群山的一侧，倚栏而望，可见远山的村落。老张告诉我，那是永泰的一个村落。其实，娘寨的位置与永泰县相毗邻。回溯几百年前，可以说这里是封闭的，甚至是与外部世界相对隔绝的地方。

脚还没有踏进门，就被大门给深深吸引住了。在这里，我实实在在地看到这寨墙的厚度，我张开双臂一次还不能将它量完。姑娘告诉我，这寨的基座就有六点三米宽。我看到了木门的厚实，这门是黄楮木的，二十厘米厚，火烧不着。这门上端的石梁上，有几处圆型的小洞，那也是用来防御用的。土匪在门下撞门时，可以从这些小洞注下烧得滚烫的油，让土匪不敢立于门下。

整个寨子占地面积七千七百平方米，呈回字型格局，分为内圈和外圈，内圈与外圈以沟相隔。整个寨子有一百零八间房屋。家族里的重大活动都在内厅进行，连接内厅两边的是厢房。

导游领着我们登上二楼，去感受寨子的防御设施。与南靖的土楼、永泰的庄寨一样，二楼的外侧是一条环形跑马道。墙体上开凿着三十九个窗子，每扇窗子，内帘外窄。这样的设计既方便寨内的人观察外面的情况，又不利于外面的人攻击。在每一个窗口下面，还有一个斜开的口子，那是用来供鸟铳射击的，之所以口开成斜的，也是在保证寨内人反击的同时，外面的枪不能轻易打进。

我在寨子楼上楼下走了一圈，觉得寨子不只是把防御办法考虑得十分周全，而且她也充满温馨、很是宜居，甚至还有些浪漫。

在一处的建筑中，大厅往往是门面，也是大家聚会议事的地方。站在天井处，仰头望见苍穹，可承雨水。我问道，寨子还有人居住吗？姑娘回答说，寨子目前没有人居住了。但是初一、十五，张姓人家都会来到这里，祭拜祖先；家族有什么事情需要商量的，也会来到这里。她说，这里现在成了张家的宗祠。拾级而上，客厅灯笼高悬，姑娘饶有兴致地向我们介绍了这个客厅的特别之处。在客厅上方左右两端有白底黑字的“福”“寿”二字，白底嵌着黑边，黑边的四角，各有一只蝙蝠。姑娘说，寨子里的百姓都信奉蝙蝠，视它为吉祥的象征。她还告诉说，在寨头的房屋里，还生长着几只蝙蝠。为了证明她说的是实话，她把我们领去参观了那间屋子。这个大厅的另一个特点就在一幅楹联上，楹联上联是“圣应居志伯毓国善傅垂允弼洪礽”，下联是“流盛泽长克景惟其佑利用兆祥开”。这是一幅楹联，也是这个家族的辈分排行。姑娘告诉说，现在已经排到了长字辈了。

寨楼的前后两端，各设一个神龛，那是供祭拜用的。每逢初一、十五，寨子里的百姓都在这里祭拜，祈求平安。在供桌的另一旁，堆放着一些香火。我猜想，这应当是免费的，那些从各处而来的张家子弟，都可以在这里烧一炷香，以祭拜先人。一缕白烟缭绕，寄着多少相思情。在这个地方，与先人对话，把心安放。

寨子的百余间房屋，窗口几乎都朝着向天井的方向而开。我仰头望着那一扇扇窗，窗与窗之间的距离不远，如果两个人都倚在窗口上，可以面对面地聊天，讲悄悄话。我正走进一个房间参观，正好同行的朋友与导游从另一个房间探出头来，我用手机把她拍了下来。她看了，觉得特别有韵味。我看了这张照片后，突然有这样一个想法，如果找上一群姑娘，每个人都含笑地从窗子探出头来，那该是怎样的一种景致啊！

整个寨子，最浪漫的应当算是美人靠了。美人靠建在二楼，弧线性的靠座，流畅而柔美。坐在这儿，可以俯视整个大厅。有好几拨游人，都对美人靠产生兴趣，拿起手机拍照。整个寨子里应当是这里的视野最为开阔，不仅可以看到大厅里的活动，还可以看到天井和厢房两边的活动，客人走进大厅，就差不多进入了它的视野范围。久久凝望，脑海里想象着这样一幅影像，一个满脸羞涩的少女静静地坐在这美人靠上，大厅里，媒人正上门为某位郎君说媒，少女静静地听着，脑海里想象着那位郎君的形象。当然，这美人靠也有防御的功能，在这里可以观察来人的一举一动。客厅是迎来送往的地方，只要一有风吹草动，这里最容易观察到，并且可以迅速地采取行动。

我们从后门离开寨子。姑娘告诉说，寨子的后门是整个寨子的最高地，雨下得再大，都顺着环形的沟，从天井渗入地下，寨子从来不会发生水患。我站在后门外回望，整个寨子依山势而建，前门低而向着山谷，后面略高依傍着山。

出了大门，我再一次仰望娘寨，心是感动的。我感动于郑春娘的故事，她的不屈、她的顽强、她的聪慧感动了我。我感动于张家的后人，这座寨子，之所以取名了娘寨，是对郑春娘的纪念，是为了后人们不能忘记这样的一位祖妣。我感动于这座建筑，它的设计与当今所倡导的建筑美观实用，与生态理念是那样的契合。

娘寨，静静地卧在那儿，享受着阳光，经受着风雨，无声地诉说着往事，守住着田园，憧憬着未来……

（本文在写作过程中，参阅了《闽清娘寨：藏在深山里的古堡寨》《神奇的娘寨》。在此，向原文作者表示衷心感谢）

寻找乡村密码
——桂峰村走笔

在福建省文化和旅游厅、福建省住房和城乡建设厅新近发布的首批三十家金牌旅游村中，三明尤溪的桂峰村名列榜首。两厅在推介词写道：桂峰村三面环山，形如鸟巢，常有云雾缭绕，曾被誉为“山中理窟”“云霞仙境”。村落历史悠久，满目皆古，有古道、古树、古碑刻、古画、古族谱。走进小村，明清时代的繁华街区跃然眼前，小桥流水，曲巷通幽，真可谓旋踵即景、移步换天，让你仿若穿越时空。

去过桂峰的朋友鼓动说，那是一个幽静的山村，不去看看，可惜了。桂峰就如一粒种子，埋在我的心底。这些年，桂峰村更是声名大振，许多人去了，回来后赞不绝口，更激起我去桂峰看看的欲望。己亥金秋，走进了桂峰，一睹她的芳姿。

从省城福州上福银高速往三明行驶，只需一个小时，就到了高速洋中出口。洋中是一个乡镇，桂峰是洋中下属的一个行政村。我们没有进镇，只是从镇边的公路右拐，路边路牌箭头的下边写着“桂峰村”。路，弯曲地向大山延伸，从这个山峦又到了另一个山峦，越驶向深处，心里越有走近她、见到她芳容的急切。脑子也不断地想象着桂峰村的模样，就如同一个男子相亲前，想象着他将要见到的女子的模样，想象着她的美丽。

经过一个石牌坊，“桂峰”二字跃然于眼帘。过山门，眼前豁然开朗，村落入了视野，下车环顾，往村落望去，土墙黑瓦，层层叠叠，幢幢村舍错落在山坳的三面。回身远眺，望见近处的峡谷、远处的山。山一峰接着一峰，由明而晦。村口处有一株树木，秋风浸染，叶子已经泛黄，阳光映照，树叶被染成金色。在树的边上，建着一座月牙形的长亭，村里的人称它为“引凤亭”，并将村前这块小“平原”唤作引凤园。红红的灯笼，与蓝天交映，与白日同辉。为我们介绍的镇干部说：“亭前圆形花圃中的园标石石尖与引凤亭亭顶，和其垅墩松峰三点成一线的奇妙创意，给人们以丰富的想象空间和美好祝愿。种植梧桐，寓意植桐引凤。植桐引凤，引来展翅欲翔的凤凰。未进村落，已闻书卷气，更加撩起了走进村落，探访村落的欲望。

对村落的探访，从这里开始。沿着村道，便见气势恢弘的集福堂，青石青砖，青砖雕花，蓝底白纹嵌边，翘角伸向蓝天，墙上张贴着好几张红纸，上面写着为集福堂捐资人的名字，从一串串名字中，可以感受到村民们的热心。走过集福堂，穿过游客中心和桂之味餐厅，拐过一个弯，又是另番景色：这是一片开阔地带，两旁商铺林立。店铺不大，有的经营当地的特色小吃，有的卖着当地的特产。我去的时候，不是周末，游人不多，店铺相对冷清，有店家索性把土特产摆到了小广场上，一边晒着秋日的太阳，一边与游人或乡亲聊着天。在村落中，最美的应当属石桥。石桥建在坑头溪与李厝垅浦坑的汇流处，横贯南北，建于明万历三十二年。这桥，取名为石印二桥，在桥的下方不远处的石砌栏杆石柱上，刻着一幅对联“地接枫亭承一脉，天生印石护双桥”。石拱桥上，一对青年男女正以桥和背后的民居为背景，摆开各种造型，留下一张张倩影。我们上了桥，立于桥上，俯视桥下，桥下是一个石潭，溪水潺流。陪同的同志告诉我们，这是桂峰八大景之一的“印桥皓月”。她指着小溪南边的一块石块自问自答：“这块石的形状像什么？像石印。每逢月望，皓月当空，石上篆文恍惚可辨。皓月倒映潭中，光影婆娑，桥月相映。”陪同的同志还指着桥下的四个树池，其形为圆、半圆、长方、正方，寓意为日、月、书、印，寓意着像日月一样永恒持久，光芒永放，子孙世代读书为官、兴旺发达。细细地赏桥观水，不仅赏了桥的优美，更品味了桥的人文。

桥两头的紫荆花在蓝天映衬下，显得疏朗。桥头立有一块“石印桥”的石碑，只是年代已久，碑文模糊不清。在石碑旁，新近又树了一根桩，写着“人生桥”，顶端还留着个“二维码”。我没有去问立这牌的缘由，只是想，大概有观此桥，想人生的意思吧！

坐在石护栏上，望着两条伸向村落深处的巷道，看着三三两两的游人，寻思着，这依山就势的村落，何以成为“四寻客栈五步楼，比屋弦声乐悠悠；梦寐以求寄居地，旅客旋步三回头”的繁华之地，且享有“小福州”之称。陪同的同志告诉我，桂峰古时处在官道之上，从这里可通尤溪县城，可达省城，可至南平樟湖。

曾经去过尤溪县城，那里有一处古码头叫“福州门”。福州闽江边上的尤溪洲，有一座横跨闽江的大桥，取名“尤溪洲大桥”。古时，没有公路，枉谈铁路，溪流、江河便成了路，称之为走“水路”。“福州门”是尤溪往福州的起点，木排从这里放流，各种山货从这里启程，顺流经尤溪，达闽江，至尤溪洲。桂峰村的繁华，与闽江无关，与官道有关，扼守官道之要，成了内地的达官贵人、商贾小贩从陆路往返福州的必经之路。眺望伸向远方的幽深小巷，似乎听到了巷子深处轿夫们踏在石阶上时发出的悠悠的竹轿声和有节奏的喘息声。巷道上的石头在秋的阳光映照下更显斑驳，更加油光发亮，是无数双脚反复厮磨中形成的，这是岁月的包浆。这样的光亮，嵌入了岁月的痕迹，增添了村落的厚重。

走在小巷，丹桂飘香，在树池中可见落在粒粒桂花子。陪同的同志俯身拾起一粒开玩笑地说，这籽含早生贵子之意，将它放置需要怀孕者的枕下，就能够早生贵子。她这么一说，同行的人都俯下身子，拾起一粒饱满的桂花籽放在兜中。我问道，桂峰皆桂，村名是否因桂而得名。她说，蔡氏迁徙定居桂峰时，初取村名为“岭头”。后来，村落逐渐形成，村民们广种桂树，遂改村名为“桂岭”。历世代繁衍，蔡姓成为方圆百里内的名门望族，外人开始称桂岭为“蔡岭”或是“蔡岭头”。后来，村民们又正名为“桂峰”。从“岭头”“桂岭”到“桂峰”，由“岭”而“峰”，一字之变，觉得这名字变得更充盈文气，也让我想起了“山高人为峰”这句广告语。一个“峰”字，既说明了村落的地理环境，也道出了桂峰人志存高远的心志。

驻足古厝门前赏读一幅对联：“绳其祖武唯耕读，贻厥孙谋在俭勤”。这是一幅宗祠联，含希望族内子孙发扬“耕读世业，勤俭家风”的传统美德，诗礼传家、丕振宗风之意。陪同的同志说，这里是蔡氏宗祠。听到宗祠，心变得肃然。走入祠内，又见一幅楹联：“兰水家声远，西山世泽长”。联想到刚才“石印二桥”的那幅联子，上联句为“地接枫亭成一脉”。枫亭、兰水、西山，不都与莆田有关吗？她笑着说：“没错。桂峰村，源流于莆田。他们都是蔡襄的后裔。”蔡襄，北宋名臣，书法家、文学家、茶学家。人们谈起蔡襄，心中总充满着敬仰之情。谈起泉州的洛阳桥，总会说到蔡襄。他的九世孙蔡长于南宋淳祐七年（1247），带领儿孙披荆斩棘，到桂峰繁衍生息，到今已历七百七十多年。桂峰人始终没有忘记自己根出何地，源出何处。他们以枫亭为脉，视兰水为家。他们通过楹联，告诉后人，记住自己的根、自己的脉。陪同的同志还说，村里还有“一宝”，就是族谱。在七百七十多年的岁月中，家谱经历了十一次的修纂。司马迁曾说过的一句话：“百世不泯，有益于只乘者，谱也。族不立谱，则昭穆淆混；人不知祖，则姓氏紊乱，与禽兽何异焉！”“桂峰蔡氏通过族谱，将家族的来龙去脉理得清清清楚，一部族谱，可以看出一个家族传承有序。在宗祠里，我还读到了《桂峰蔡氏祖训》《蔡氏家范》，以及《蔡氏乡约》。桂峰蔡氏，崇文尚学，尊崇程朱理学，讲求忠孝。岁月中蔡氏培育出了良好族风，形成了“凡预议诸人，宜正己而物正，自治以治人，各遵约束，无致后言”的乡村自治机制，让桂峰在鸡犬相闻中也听到朗朗书声，村民行为有效规范。陪同的同志十分自豪地说，三十九座年岁不同、风格各异的建筑中，都有书斋，供本家、本族的孩童读书。从宗祠出来后，拾级而上，便去了玉泉书斋。书斋不大，只有二十平方米左右。中堂墙上贴着朱文公像，两旁柱子上贴着“苦读千年史，笑吟万家诗”。在后边走巷入厝时，还见到其它一些书斋，强烈感到，正是蔡氏人家秉承“耕读传家，经史名世”的祖训，让这里“厝厝有文化，满街都是历史”。整个村庄充满着浓郁的书卷气，突显亦儒亦农亦商亦官的文化特色，成为人文荟萃之地，据《中国历史文化名村——中国桂峰》记载，当地明清两代中进士三名、中举人十二名、中秀才四百一十二名。中华人民共和国成立以后，尤其是改革开放之后，桂峰更是人才辈出。有人感叹：“桂峰无古今，学海有后人。”

喜欢桂峰村的建筑，喜欢它的依山就势，给人一种层层叠叠、错落有致的美感。走在石阶上，观赏一座座建筑，有的建在石头垒起的石基上。石基的边上，就是一条山间小溪。石基上的老屋，屋子不大，但我最看重的是那扇窗，木条支撑窗门。倘若有一位美人坐在窗前，凝望窗下流淌着的溪流，望着溪流旁开着的叫不出名字的小花，望着袅袅炊烟，这样的镜头，该多有诗意啊！桂峰还有一处人称桂峰布达拉宫的建筑，它建在高台上，白檐黑瓦。站在石阶上仰目而望，高台之上的土夯墙，青山簇拥，蓝天映衬，给人端庄沉稳之感。喜欢村落小巷。对于小巷，我并不陌生，多次去过福州市的三坊七巷，那里的小巷，那里的青石板，都有着都市人家的风味。桂峰多小巷，而且曲径通幽，土墙鱼鳞瓦，别有韵致。油纸伞挂在这幢老厝与那座老厝之间，微风吹拂，纸伞轻摇，充满温馨，更具浪漫。喜欢这里的荒芜，穿过小巷，看到了一面残墙，残墙上长着野草，开着野花。尽管是残垣断壁，还是让我感受到她的美丽。残垣，如果放对了地方，也是一道风景、一种美丽。

站在断壁前的观景台上，可望见台下一个晒场的晒匾里晒的各种果实，红的、黄的……异彩纷呈，让人看了心生愉悦，这便是人们常说的晒秋。秋天，丰收时节，果实收藏入仓。收藏，需要晾晒。这个时节，走到乡间，处处可以看到晾晒的景色。桂峰依山就势的建筑，层层叠叠的老厝，造就了它让人独爱的晾晒风景。家家户户的层顶上、庭院里都晒着果实，小巷里、门檐上晾晒玉米棒，更添了村落的农家韵味。从观景台远眺，村落景色尽收眼底，有如在欣赏一幅山乡水墨画，特别显眼的是这画中一幢古厝上的大门两侧各有一扇红红的圆窗。那是祖庙，是蔡氏人家迁徙来时最早的居住地。从观景台下来后，去了这幢老屋，屋前坪上有立着几根石柱，那是旌旗柱。早时，族里有人赶考，就在这里树起旌旗，旌旗迎风飘扬，人们期待着好消息。如今，这种仪式已经没有了，旌旗不再悬挂，几根石柱立在那儿，告诉人们往事。

随着公路、铁路的建设，桂峰的官道已见不到步步履匆匆的旅人，闽江也没有了放流的木筏，不见满载山货的舟船，福州门、尤溪洲曾经发挥的作用只能留在人们的记忆之中，桂峰村也曾一度沉寂。这些年来，随着高速公路的建设，藏在深山中的桂峰撩开了她的面纱，露出了她的真容。她的真容，着实迷人。尤其是桂峰村抓住美丽农村建设的机遇，挖掘乡村特色，讲好乡村故事，城里人接踵而来，村里的民宿也有了大的发展。有位回乡创业的女大学生，父亲把老宅交给她打理。姑娘是学美术的，把老宅改造得富有诗意。行走于民宿之间，观看一间间房屋，干净且温馨，保留了村落特色，给人以乡村享受。在这里，呼朋唤友，品着桂峰采摘的茶，尝着桂峰生产的小吃，观着日出日落，望着老厝中昏明不定的灯火，伴着蝉唱蛙鸣、鸡犬相闻，听着桂峰的故事，一定会将烦恼抛之云外。如今，崇尚在快节奏中享受怡然自乐的慢生活。桂峰，就是慢生活的好去处。

桂峰的美，美在人文、也美在自然；美在村落，也美在田园，桂峰八景，景景都是大自然造化。桂峰的老厝有艺术，石雕、砖雕、木雕、灰塑、书法都给人艺术之美；桂峰处处皆故事，这里的人有故事，这里的老厝有故事，这里的石头有故事，这里的小巷有故事，这里的树木有故事……

转了一圈，回到了石印二桥，再望印桥皓月，回眸幽深小巷，心绪有些高亢激动，我闻到了一股长久以来一直想寻找的乡村味道，一种怀着家声远、世泽长的高远而耕读的味道：唯读唯耕，耕读传家。耕读，是乡村密码，是乡村文明的密码。

桂峰的人文之美，美在她的原汁原味，是蔡氏人家七百七十多年世代繁衍生息、岁月浸润沉淀而出，这种人文之美，烙着特有的印迹，散发着只有这个乡村独有的韵味。

村落，是村民的根与魂，香与火。让耕读延续、让耕读传承。

速描平潭

观日出

到了滨海城市，就有股去海边看日出的冲动。一轮太阳从海天之间喷薄而出，在一片嫣红间，一道明亮的线最先露出，渐渐地变成了弧线，又从弧线变成了一个圆，离开了海平面，朝着天空的高处升去。这个过程，实在是一种美的享受。

平潭岛，不只是滨海城市，而且是四周皆被海环绕的岛城。到这样一个地方，看日出的欲望就更加强烈。

看日出要在天边刚刚吐鱼肚白的时候起身，在太阳将要跃出海平面的时候赶到观日出的地点。看日出，有如观看一出大戏，有着“千呼万唤始出来”的期盼。在短短的半小时里，黑暗渐渐离去，大地渐渐明亮起来。在我的心目中，太阳的升起，宛如在举行告别黑暗、迎接曙光的仪式。那些看日出的人，向着太阳肃立，似乎在向太阳行注目礼，神情充满喜悦。

海浪涌动着，拍打着岸边礁石，浪花激涌，浪声滔滔。仪式是要有音乐的，海浪声便是一首欢迎曲。这声音，时而低缓，时而激越，时而柔情，时而奔放。

最喜欢看到太阳刚刚露出海平面的那番景色，一半还在海，一半已在天，犹抱琵琶半遮面。心中有着呼之欲出的急切，既希望她快快跃出，又有一种不舍。朦胧最美，镶嵌在海与天之间的晨阳，嫣红而鲜嫩，有如孩童红扑扑的脸，又透着少女般含羞的气韵，娇滴滴的。

晨阳一跃出，就把金辉送给了海、送给了泊在海上的渔舟、送给了那片沙滩。我把这缕金晖视为晨阳写给大海、写给渔舟、写给沙滩的一封情书，微波涟漪，鸥鸟轻吟，便是情语，浪漫而温馨。远处传来“突、突”的机船声，像是对这封书的呼应，它将驶向远方，拥抱幸福。

石　厝

石厝是平潭的真宝贝。

车在平潭乡村跑着，见到最多的，除了湛蓝的大海、金色的沙滩和泊在海湾上的渔船，便是用石头盖起的房子。当地的人称它为石头厝。石头厝不高，一般只是两层楼，三层的已经是很少见的；占地面积也不大，方方正正的。用石头筑起来的村落，便是村民们的家园。从高处俯瞰一处处村落，平实、稳重而安静。

以海为生的渔民们，海就是他们的田。守望着海，与海厮守，向海谋生，他们既爱大海表现出的柔情，也接受大海的咆哮与肆虐。有了这石厝，村民们便有了自己的家园。

石厝，大自然与村民智慧结合的产物。岛本来也是山，只是四周环水而唤作为岛。岛上又有山，山多石。这石，是建造石厝的最佳材料。利用这些石材，村民们建起了坚固的石厝。

石厝无言，但似乎能听到它们诉说着渔村的今昔。石头虽不富有情感，但又分明觉得石厝充满温馨。它如一座灯塔、一处港湾，是出海人的归宿。它又有如妻子一双期待的眼，她的心，为出海的男人悬着。望着石厝，耳际仿佛绕萦着从老厝里传出的渔歌，绵长忧伤。我的眼帘似乎出现一位渔家女牵着孩子，伫立在屋顶上眺望大海，等待远方的船只归来。眼神里写满了期盼。

石厝是渔民性格的写照。渔民在海上与狂风巨浪搏击，石厝在岸上与风沙搏击。石厝，表现了渔民的刚毅、朴实。石厝，庇护着爱海的人。

物性相通。这石厝，是生于斯、长于斯的百姓为自己建造的家园，世代相传中，孕育了石厝的文化，并不断积淀、丰富。平潭的石头会唱歌，用这些石头建造出的石厝更会唱歌，男声雄浑、高吭，女声婉约、绵长。

夕阳映在石厝上，墙壁一片金色，村落一片金色，好美啊！

仙人井

在平潭两天的时间，就去了两趟仙人井。我为大自然的鬼斧神工而着迷，而陶醉。

拾级而上，站在最高处，身前便是绝壁。从高处往下望，便是悬崖、怪石、奇峰。伫立观景台上，前可远眺辽阔大海，后可回望渔村。险峻的悬崖峭壁上有微微枯黄的小草，更增了秋色美。

从观景台往下望，仙人井跃入我的眼帘，是一个硕大的竖井，起码有百多米深，令人头晕目眩。井底，三个洞口与海相连，海水涌进，发出声响，深沉。

老渔民告诉我，这是千百年来海水侵袭的结果。早期，岸之下有空隙，海水涌进，慢慢侵蚀着；海水的一次次涌动，让底部的石头一块块松动，一块块被海水带出；海水掏空了底部，上面的石头又不断地崩塌，最终便有了这样的景观。

俯下身子，拾起一块礁石，层层叠叠的纹理，如同生命的年轮。

伫立在观景台上，欣赏着仙人井的壮美、仙人井的险峻，让我体会到大自然的力量。人间，有多少美景，是大自然鬼斧神工的杰作，让你陶醉，又让你不可思议。

这是一笔自然遗产，是大自然馈赠给人类的礼物。

南岛语族

一直以为，平潭只是一个风光绮丽的岛屿，不曾想，她还有着悠久的人文历史。

在壳丘头考古遗址基地，墙上的一幅幅图片，柜子中的一件件实物，那张清晰的迁徙时间表，用不争的事实告诉我们：平潭，是南岛语族的发源地之一，是“海上丝绸之路”的重要通道。

感受平潭历史的厚重，穿过岁月烟云，去探寻这段历史——南岛语族的先人，约七千年前，自平潭，往台湾，下菲律宾，至所罗门群岛，达斐济、汤加、萨摩亚群岛，经塔西提，又往夏威夷群岛、复活岛，终于新西兰……

海洋文明从这里诞生，又从这里搭上文明之船，散落到世界各国，形成了独特的南岛语系，以及跨越几万里甚至更远的迁徙路线。在几千年前，没有公路、铁路，能通船的海、河、江、溪便是路。他们自己制造独木舟，靠着风的动力，往南太平洋出发。几千年后，他们从南太平洋回来寻根，如同鲑鱼洄游……

平潭正吟唱着一首歌，一首海洋文明的歌，一首思乡之曲……

晓色云开

平潭，是一个岛屿，一个与台湾岛最近的岛屿。两个海岛，东岸，西岸，隔着一个海峡。滔滔海峡水啊，涌动多少的相思情愁。这里的人，要把岛屿建设成两岸中国人的“共同家园”。

我站在平潭新打造的网红旅游点：北部生态廊道的观景台上，遥望大海，想起了曾经写过的一首诗句：乡愁就是离开了还想着的地方。你的乡愁是思归，我的乡愁是盼归。我在海峡西岸的这头等你。团圆，我们共同的乡愁。

平潭，正在打造国际旅游岛。岛屿的面纱正在渐渐被撩开，她的面容惊艳于世人。在撩开面纱间，她也添了国际范。

平潭，是东海的一颗明珠，这颗明珠，正绽放出耀眼的光。这光，随新时代的发展而愈加耀眼……

虎贝：一块令人感动的土地

一

在宁德工作的那两年，就听说蕉城有个叫虎贝的乡镇。在蕉城众多乡镇中，那算是一个比较偏僻、比较贫困的乡镇。这几年，有位家居虎贝的朋友时常绘声绘色地描绘着他的家乡，鼓动我去虎贝看看。

金秋十月，从省城福州出发，车上了沈海高速。宁德的同志很周到，特意发微信告诉说从宁德的八都出口下高速。当时心中有些纳闷，印象中上虎贝，走的应当是金涵乡边上的省道。为了解开这个疑惑，又回了微信询问。回答说，没错，这是一条新开的路。

一个半小时的车程，车出了高速沿着霍童溪行驶着。望窗外，溪水潺潺，青竹欲滴。车在九都往左拐，向着大山行驶，出现在我的眼帘的是连绵的群山。崇山之间，便是深峡。车在一处叫百丈岩的地方停下。一下车，便感到它的险峻。凝望对面，又是一座险峻的山。俯视悬崖峭壁之下，是一条小小的溪流。循着小溪放眼望去，远处是一片辽阔的湖。这片景色，令我感到壮美雄浑。

让我感动的不是这里的景色，而是发生在这里的故事。老余在展版前，给我讲了发生在这里的一场惨烈战斗：1936年9月，闽东特委组织部长阮英平率领闽东红军独立师第三纵队约一百二十多人在虎贝乡东源村遭国民党福建保安团三个连的包围。红军为了保护老百姓的生命安全，放弃了就地阻击敌人的想法，兵分两路，将敌人引出了村庄，向着桃花溪方向撤退，并与阻击的敌人展开了战斗。其中有部分战士被敌人逼退到百丈岩的石虎顶，从石虎顶上跃身而下，写出了惊天地、泣鬼雄的壮歌。

我瞬间对这山肃然起敬。凝望远方，山顶上一面红旗高高地飘扬着。老余告诉说，那场战斗之后，东源村的乡亲们上山寻找红军，在山崖发现了九位战士的遗体。乡亲们在他们跳崖处立了一块无字碑，放羊、砍柴、耕作经过此地时，都会燃上一炷香，用这种特有的方式来纪念红军战士。望着照片上的无字碑，这碑，虽无字，但无字胜有字，它凝结着多少情与思。无字碑前的香烟与大山云雾融在一起，烟雾缭绕，英魂总在。几十年过去了，乡亲们千方百计寻找烈士的英名，至今为止，九名烈士中，已经寻找到了六名烈士的英名，他们是：阮吴近、冯廷育、余深德、高细瑶、谢兆量，何帮灿。我仔细看了每个烈士的年龄，最大的三十四岁，最小的才十九岁。他们都尚年青，却为共和国的建立献出了生命。

远望对面崖壁上，“百丈英风”四个红色摩崖石刻格外耀眼，是1993年闽东苏区创立六十周年前夕，时任全国人大副委员长叶飞为百丈岩九战士题写的。记得在读中学时，曾经读过《狼牙山五壮士》，当时被那故事深深感动，他们的事迹一直影响着我。今天我面对这座大山，感动于发生在这里的感天动地的故事。眼前的这座大山，也是一座“闽东的狼牙山”。这山，是英雄之山。

远处有一处亭子，那是“百丈英风亭”。有些同志正面对党旗举手宣誓，重温誓词。他们的脸是那样的凝重，我心里想着，他们一定是为寻找初心而来，为净化心灵而来。

山风，轻轻地吹拂着，像是在轻轻地诉说。

二

离开了百丈岩，驱车去了东源村，这是一个革命基点村，1934年秋成立地下党支部。老余向我介绍，一个只有几百人的村落，有八位英烈在战争年代为革命牺牲，六位被评为烈士，有四十一位革命“五老”。除了刚刚瞻仰的百丈岩战斗革命遗址外，这里还有红军后方医院——天峰寺、闽东游击大队成立地——那罗寺等革命遗址。

村落四周群山环抱，形似莲花座，有天冠说法台、那罗寺、辟支寺等名胜古迹。红色遗迹、自然风光、文化遗产叠加，丰富了东源村的旅游资源，村里的百姓正探索一条以旅游资源带动经济发展的路子。老余指着村后的一条小路说，这条路，就是通往百丈岩顶的一条路，既可以登山健身，也可以在峰顶俯瞰岩底、重温战斗故事，还可以远眺群山、一览众山小。

去东源村的目的，是瞻仰百丈岩战斗展陈馆。展陈馆由一幢民居改造而成，面积不大，展陈面积三百多平方米，展柜二十五个，展出的各种实物历史资料一百多件。看着墙上的一幅幅照片、柜子里的一件件珍贵实物，眼帘仿佛浮现出那场战斗的情景，看到老百姓寻找战士遗体的场面。在展陈馆里，我听到的三个故事：

故事一：一位隐居山楼的抗战老兵。这位老兵叫黄胜里，被国民党抓壮丁入了国民党军队，1947 年加入了解放军，经历了淮海战役、渡江战役、抗美援朝，在战斗中冻掉了一个拇指。老人在部队入了党，荣获淮海战役、渡江战役、解放华中南、抗美援朝等纪念章五枚。1961 年，他复员回到了家乡，以种田和做挑夫为生。老人回乡后，从不向人张扬自己的这些功绩。直到2017年，区里有关部门才发现了老人的事迹，可是三个月后，老人离开了人世。

故事二：抗战烈士王和春的一封辗转近八十年的家书。这位战士1932年参加革命，1934年参加闽东红军独立师，1938年随新四军三支队六团北上抗日，1939年在皖南战斗中牺牲，年仅二十四岁。如果按照年龄的推算，这应当是一位十七岁就参加革命的战士。这封信写于民国28年8月，对照公历年，正是1939年，写于烈士牺牲前夕。我仔细地读着这封信，一个战士的形象跃然纸上，字里行间渗透着对家乡、对亲人的思念，饱含着对国家、对民族的热爱。信中有这样的一段话："现在日本帝国主义想把中国灭亡了，我们全国人民在抗日中都有责任，但是现在想要回家就没有国也没有家乡。我想把全中国人民和军队一切力量团结起来能够抗战，最后得到胜利，中国人民就有解放，凡是不抗日的就要灭亡。"

故事三：一张尘封的革命军人家属证明书。证明书由村民黄胜宝珍藏的，他是革命军人黄德胜的侄儿。黄德胜1935年参加红军，1938年随新四军北上抗日。这封革命军人证明书是1950年颁发的，证明书上"为人民服务"五个红色大字清晰可见。半个多世纪来，这封证明书一直默默地藏在小木盒里，在宁德市新四军研究会编辑的《闽东新四军芳名录》、蕉城区新四军研究会编的《英名永存》中均没有收录黄德胜的名字。

听了这三个故事，我想到共和国勋章获得者张富清老人，想到国家兴亡，匹夫有责，知道了什么叫作担当、什么是淡泊。这三个故事，就如三面镜子，在他们面前，我感到了一种差距。

走出展陈馆，心是感动的，这些故事依然绕萦耳际。

三

中洋里，是我此行走进的第三个村落。这既是一处古村落，又是一块红色的土地。始祖叶得俊公系河南叶县叶氏直系，1468 年从江西八角井入闽，定居中洋里繁衍。1934 年春，闽东特委在这里发展党的组织。

这是一处充满沧桑的村落，也是烙着血泪印迹的村落。这里曾遭受国民党“三光”政策的浩劫，全村被强行搬移，封闭大门，筑起围墙，一百多间房屋被烧毁，四十多人被关押，十多人被杀害。但是，“高压”从来没有让革命的火种熄灭，没有让这里的百姓屈服低头。1949 年 4 月闽浙赣游击第四支队在这里成立，星星之火又一次燃成了革命的烽火。从村口的风雨长廊的宣传版上，我了解了闽浙赣游击纵队第四支队的历史，和这支队伍在宁德解放中做出的功绩，知道了宁德八一五路与中洋里叶伯安的历史渊源。

沿着村道，走进了一处老民居。老余告诉我，这是叶飞、阮英平旧居。“中华苏维埃万岁”匾额高悬正中，毛泽东、朱德的照片挂在大厅中央。这幢建筑，保存着当时的历史风貌，徜徉其间，仿佛让人穿越历史时光，重新走进了那段艰难时光。在这幢建筑中，我又听到了一个故事，一个关于革命老妈妈汤银钗的故事：

老妈妈来自一个革命家庭，她的二哥、三哥、四弟都是共产党员。在兄弟们的引导下，她很早就走上了革命道路，看门、望风、送信，成了地下交通员。1932 年 10 月，叶飞来到闽东，在梅坑老区活动期间就住在老妈妈的家里。在后来的斗争中，负伤的叶飞两次住在老妈妈家中疗伤，老妈妈都给予无微不至的照顾。1948 年 2 月，国民党福建省第五保安团杀气腾腾闯进中洋里村，抓走全村群众并押到虎贝乡公所。乡长周公觉气急败坏地说：“汤银钗没来换，你们一个也别想回村，这回要让中洋里灭族!”老妈妈为了解救乡亲，连夜赶到乡公所，正气凛然地说：“你们要杀就杀我，不要折磨乡亲们!”乡亲们得救了，老妈妈却被敌人施以酷刑，折磨得死去活来。敌营长说：“只要你说出游击队在哪里，就可以回家，还可送你三十担谷子。”老人不屑一顾地说：

“不知道。”敌营长拔出刺刀威胁说：“游击队在哪里?! 不说就杀了你!”老妈妈高声说：“凡眼珠子能看到的地方，就有游击队!”敌营长举起刺刀朝老妈妈劈下，老妈妈头一偏，刀锋划破其左嘴角又削去半边乳房。她倒在血泊中奄奄一息，后被群众发现转移上山，交给游击队救治。解放后，已过六旬的老妈妈带领乡亲们完成国家的各项任务，宁德县第一个互助组、第一个初级社就是在中洋里成立的。老妈妈先后被评为“全国劳动模范”和“福建省劳动模范”。在福建省第一届英模代表会上，叶飞亲自把勋章挂职在老妈妈的胸前，动情地称她为“革命妈妈”。

我问老余，老妈妈后来担任了什么职务。老余说，什么也没有，老妈妈一直在村里，直到去世，也没有个一官半职。

我感动了，不只感动于老妈妈一生为革命作出的贡献，还感动于她的坚强、她的忠贞，更感动于老妈妈的不索取。

走在村落的小道上，村落干净整洁，但似乎有些冷清。老余说，这村有一个现象，当老师的人特别多，全村有一百多人在外担任老师。到假期时，老师们放假了，村落就热闹起来了。

一个小村落，一百多位老师，老师多，意味着读书人多。它从一个侧面说明这是一个文气充盈的村落，是一处崇儒尚学之地。当我回到风雨廊时，读到了墙上的“叶氏家训十二则”——孝、悌、忠、信、礼、义、廉、耻、耕、读、勤、俭。它解开了我的疑惑。

村头的几株枫树受到秋风浸染泛着金黄，阳光斜照在斑驳的土墙上，一片金色，村落明媚。

四

在镇里用了午餐，又上车去文峰村。从车里望窗外，视野极其的开阔。正是秋末，庄稼已经归仓，田野枯黄，显得有些苍凉。极目远眺，四周高山环绕。从东源村一路走来，实际上是走在一条狭长山谷中，一个个村落守望一块块田园，这一块块田园滋养着这里百姓。

半个小时的车程，我们经梅鹤村到了文峰村，最先去了闽东红军北上抗日石堂整编集训旧址，徜徉旧址间，瞻仰一件件红色文物，听着村支书的讲解。曾经去过屏南棠口，闽东红军独立师是从那儿挥师北上抗日的。在文峰村，我厘清了闽东红军独立师从整编到北上抗日的脉络：将闽东红军游击队和各县游击队陆续集中宁德桃花溪整编；移驻虎贝石堂进行了为期三个月的整训；从石堂分批开往屏南棠口集结，正式改编为新四军第三支队第六团，一千三百多名子弟兵奔赴抗日前线。旧址的墙上，张贴着一张由王吴作词、陈曙作曲的《闽东红军军歌》，歌词历数了部队在三年游击战、抗日战争和解放战争中创造的辉煌，宣示着“为了胜利，为了人民解放，奋勇向前”的信心和决心。正如歌词中所写的“我们是闽东人民的光荣”，我与许多闽东人谈起这支队伍，他们的脸上都会洋溢着自豪感，这支队伍让闽东烙上了红色的印迹。

从旧址出来，站在村落的小道上眺望远处，石堂山景色雄美，我仿佛看到远处的山道上走着一支队伍，这支队伍在红旗的引导下，向着屏南方向进发。

文峰村这个村名充满文气。村落因“石堂八景”中的“文峰卓笔”而得名。村支书饶有兴趣地指着村对面的山脉说，你看看，美不美，那里有石堂八景。顺着山势望去，奇石造出奇景。文峰村处于旧时的宁德、古田、屏南三地的交通要道，也算是一处重要的物资集散地，滋养了丰厚的人文资源。宋末元初闻名于世的著名的理学家、教育家、天文学家、朱熹的三传弟子陈普和清嘉庆年间台澎总兵黄礼鉁皆出生于此。从明末清初至清中叶的两百多年间，这里出了两名进士、八位举人、一百八十二名秀才。至今，这里还留着始建于宋元明清的古建筑近五十座。漫步村庄，奶娘宫、下马亭、陈普祠堂、进士第、将军府、文武魁……边听边看，渐渐地觉得这是一个历史文化遗存十分丰富的村落，是一个充满故事的村落，也是一个可以找到乡愁，让人走了还想来的村落。

五

时光过的很快，一天的光景就要过去，我们即将离开虎贝镇。我认真地享受着这一天的收获，突然感到，还有一点令我感动的地方。我在上文中说到的老余，是一位退休公务员，他的父辈，曾经在此里战斗。退休后，他走进了父辈战斗过的东源村帮助村里挖掘收集革命历史资源，打造百丈岩红色旅游路线。我们参观的百丈岩战斗展陈馆，是一处老宅，是由村民主动将自己的房屋腾让出来的。叶飞故居，也是一处老宅，十多年前，村党支部花了四万元，将老宅买下，保存了这处珍贵的革命遗址。一路参观，我似乎看到了这里的百姓的一种情结，一种红色情结，也看到一种情怀，对这块红色土地的一种情怀。

情结，越系越紧；情怀，愈加真挚。

虎贝是一块红色的土地，也是一处风光旖旎的地方，这里的人称它为“高山明珠”。在这一天的时间里，镇书记领着我，看了革命旧址，还如数家珍似地介绍了这里的丰富旅游资源，描绘了虎贝发展的前景。她的介绍，让人对虎贝这颗“高山明珠”有了更多的期盼。

虎贝，这颗“高山明珠”，过去藏在深山无人识，今日交通畅通，明珠面纱撩开，闪烁着熠熠的光。今日之虎贝，有如一块原石，玉在其中，期待人们的细细雕琢。

虎贝，一块红色的土地，充满乡土味道，保留了乡村风貌，能够让人心生感动，离开了还想来。

琴江村文化：船政文化的因子

当我参观中国船政博物馆后，伫立江畔望着滔滔闽江水，对这江，似乎有了重新认识，感到了它的厚重，但又感到似乎缺了点什么？

当我参观琴江村——这个由满族人聚居、从兵营转变而来的村落，同样在感到它的厚重的同时，又总觉得好像缺了些什么？

我琢磨着，寻思着，仿佛看到一幅波澜壮阔的画面。三江口水师与马尾船政之间有着千丝万缕的关系，说中国船政，三江口水师是一段绕不开的历史。这幅画，如果少了江西岸的三江口水师或是江东岸的船政衙门、船政学堂、造船厂，怎么看都让人感到有些遗憾。

1866 年闽浙总督左宗棠在《试造轮船先陈大概情形折》中写道："欲防海之害而收其利，非整理水师不可。欲整理水师，非设局监造轮船不可。"从奏折的文字可以看出，之所以设局造船，是整理水师之必须，是为了防海之害而收其利。左宗棠在奏折中说"惟东南大利""在水而不在陆"。此水即海，东南大利在海。满族本是草原民族，应当说，在很长的时间里，重视陆地而不重视海疆。但是，随着工业革命的到来，造船工业日益发达，英国等国凭坚船利炮的海上优势称霸海上。海上战事渐多，海盗也时常骚扰，而“驻防福州的旗营擅长陆地，对海上防务缺乏训练，一旦海上战事起，只能望洋兴叹”。当朝皇帝渐渐意识到海的重要性，谕“尔等旗人，宜知水务”，将熟悉陆战的旗人调往闽江，熟悉海上战事。望着浩浩闽江，眼帘中仿佛浮现当时福州驻防副都统阿尔赛与将军蔡良、总督高其倬一起坐船，沿闽江口逆流而上，寻找建立水师基地的画面。最终他们上奏朝廷：“以洋屿去海不远，密迩省城，既可扼守三江，又可与闽安成犄角之势，后者捍御于外，前者可援于内，防务既严，哨巡罔懈，可树威绝岛（台湾），海疆永庆，宜设水师也。”在我的心里，一直认为，三江口水师的建立，是朝廷意识到海的重要性，是一个马背民族向海而进的具体步骤，其目的在于镇宁海疆。而马尾船政的创办，在造船工业和人才培养上都发挥了积极作用，是为了“师夷长技以制夷”，根本目的在于巩固海防。三江口水师的设立是清朝政府为海而设军队，是海防的发端，而船政是旧式船政向现代船政的转折。水师所暴露出的种种问题，成为了左宗棠设立船政公署的理由之一，也说明水师与船政公署的设立之间的关联。

三江口水师是沈葆桢“船政为海防第一关键”提出的基

础。三江口水师为什么而建立，为海防而建立，为解决旗营擅长陆战而不擅海战而设立的。从三江口水师的营地位置来看，其位于三江口军事要冲，这里的水路离福州只有二十多公里，离闽江入海口约三十五公里，背负的护海的重要的历史使命。水师虽然在建制上仍归各地驻将军、督抚节制，但实际事务由协领负责，设协领、佐领、防御、骁骑校等职官，显露出一个独立军种的初胚。水师每年春秋二季配驾出洋操练各一个月，操练范围从闽江口五虎至浙江定海各处洋面。水师建立以来，先后参加了平定台湾林文之乱、黑水洋歼海盗蔡牵和第一次鸦片战争。在第一次鸦片战争中，“英军北上寻隙，转至闽江口，见我戒备森严，转而北犯定海，闽省免遭涂炭”，林公则徐曾写下“海国藩屏”。作者查阅了《船政志》“军事设施”一节，其中黄霞山炮台、电光山炮台、金牌山炮台、崖石炮台、北岸南船炮台等都是在船政公署设立前建立的，有的炮台就由三江口水师负责管辖。1874年11月，清政府签发了江苏巡抚丁日昌拟订的《北洋水师章程》，其主要内容是：“海防水师，专用大兵轮船，以大兵轮船为第一利器。沿海择要修筑炮台，演炮必求其准，宁台必求其人，与沿海水师轮船，相为表里。”这充分说明，三江口水师作为旧式水师，为现代海军的建立做出了探索，奠定了基础。

1866 年，总理船政事务衙门设立后，水师参与了船政的各项活动。在《船政志》中，记录着马江海战。据《中国历史文化名村——琴江》介绍：“8 月 23 日午后，法舰开始进攻福建水师。福建水师仓猝应战，在很短的时间内溃败，水师旗营投入大小壳船四十余艘参加战斗。尤其是福州将军穆图善亲率八旗枪队三营和陆营统领王得胜长门水师官兵浴血奋战四昼夜，转败为攻，为一场战败的马江战役留下了一抹亮丽。”是役，三江口水师旗营官兵全部投入战斗，琴江沿岸处理烈士遗躯五百多具，当地民众为阵亡将士建祠立碑。

在船政教育中，三江口水师输送了一批学生，造就了一批海军人才。三江口水师，虽是一支水军，但又是一处兵民合一的群体。三江口水师创办小学堂，“凡毕业生成绩优越者由校方保送福建武备学堂及马尾海军学校，这些人学成之后，成为各行各业，特别是民国初年海军的重要人才”。《中国历史文化名村——琴江》介绍了琴江村的五个名人世家，其中贾氏世家、许氏世家等均世代为三江口水师旗营，又与船政学堂密切相关，成为了海军世家。贾氏世家的贾凝禧福州船政后学堂驾驶班毕业后，留学英国格林威治皇家海军学院，贾勋、贾勷、贾勤、贾更有、贾劼都毕业于船政学堂。许氏世家的第六代许建藩、许建廷都是从船政学堂毕业后步入海军。“船政的根本在学堂。”三江口水师这种兵民合一的群体，“除了官兵经常性的陆操、水操、巡洋等训练之外。其家人也列入基础训练范畴，特别是他们的后代，从小接受培训，以期成为军队的良好的后备人才”。这孕育了琴江村百姓的海洋意识，为他们日后投入船政学堂学习奠定了基础。我以为，三江口水师的教育是船政教育中的基础，就如同我们今天高等教育中的预科一般。

伫立在琴江村，望滔滔闽水向东而流，向海而去。我仿佛看到一幅完整的画面。每一种文化都不是凭空而生的，都会有一个文化的孕育期，琴江文化应当是船政文化的一个因子，而且这个文化在船政文化发展过程中，在军事建设、人才培养中发挥着积极作用。

我不敢说，琴江村文化就孕育了船政文化，但是，至少有着他的因子。基于此，应当树立“大船政”的思维方式，将它的源头追溯到琴江的三江口水师，将三江口水师作为一个案例分析，有助于研究船政文化中的兵民合体这一独特模式，有利于研究旧式海军向现代海军的转变过程。从现实意义来说，有利于整合三江口船政文化资源，更好地挖掘历史遗存，将传统水师文化融入船政文化之中，让船政文化这一画卷更加丰富、更加厚重。这不仅有利于做大做强船政文化，还有利于打造三江口船政文化旅游圈，以打造船政文化带动琴江村水师文化的打造。我以为，在船政博物馆中，应当有一个部分来介绍对岸的琴江村的水师文化。通过这个窗口，引导更多人走进琴江村，了解这个马背民族向海而来的历史。这也是通过船政文化建设带动乡村振兴之举。

茶界之“兰亭”

福州北峰恩顶茶场，茶田连绵起伏，茶叶嫩绿，春色明媚，气象辽阔。庚子暮春三月，一年一度的茶叶开采盛事于此举行。

今次开采，有些别样。已亥岁末，庚子年初，疫魔肆虐，为抗疫需，网上直播，名云开采。虽无人云集，然网络视频，引众网友观此盛事，览茶园之美色，知茶氤氲云雾之间，心生对茶的喜爱。

观开采仪式，致颂词，慷慨激昂，歌盛世，咏太平，尊茶神，道茶事，盼茶兴，祈茶旺。喊山声荡，一诵一和，一呼一应，风轻拂，鸟和鸣，群山醒。锣声悠远，舞轻盈，歌绵长。众宾挥铲，植新茶，培新土，世代繁衍，生生不息。村姑含笑，经一寒冬，逢春吐绿，嫩叶沾露，盎然勃发，一片吉象。春茶，谓明前茶，茶之上品也。

想兰亭修禊，正是暮春之初，此景此情，何其相似，此气此韵，如同一脉。茶之雅集，也如兰亭雅集。众宾咸集，循开采之规仪，尊开采之程式，承茶之传统，表茶之尊崇。茗之开采，意借开采之机缘，传中华茶文化。不论喝茶，还是品茗，都不止于生津解渴，还在于在喝与品中得到了茶趣、悟到了茶道。

一片茶，吸天地之精华，纳山水之清气。一片茶，虽轻薄，然味之醇厚绵长，品茗间，回甘隽永，回味无穷。此甘此味，生静，生和，生怡，生真，系山水之情，悟养身之道，养内敛柔和之性。国人喜茶，缘喜茶之秉性。

茶者，南方之嘉木也。茶之为饮，发乎神农氏，闻于鲁周公，可见茶史悠久。人化自然，自然也化人。茶乃国人之饮品，不分贵贱，不论高下，上至王宫贵族，下到百姓人家，皆饮茶喝茶，以茶待客。儒、释、道三教皆喜茶，文人墨客吟咏山水，品茶赋诗；寺院、道观种茶品茶。茶文化集儒家“天人合一”、佛家“禅茶一味”、道家“清净无为”之思想于一体。茶马古道，丝绸之路，世人因茶而认识中国，也因茶而走进中国。

一次兰亭雅集，书圣王羲之妙笔写出天下第一行书《兰亭序》，而今更成书法人的节日。吾以为，暮春之初的开采，也应成为茶之雅集，成为茶界盛事。

触摸鼓山脚下的一道历史印痕

——行走福建协和大学建筑群

车在三环快速路行驶，在进入隧道前，总会看到道路两边的红砖楼宇，楼不大，但很精致，透着民国建筑的韵味。这里曾经是福建协和大学所在地，几幢小楼属于协和大学的。庚子夏天，在一个月的时间里，连续去了两趟福建协和大学旧址，徜徉于旧校园的小道之间，领略一座座经过百年岁月侵蚀、有些破旧的教学楼、学生宿舍楼、校长楼等的建筑群，听听有关这座大学的故事。在出发前，做了些功课，认真地读了谢必震先生编著的大学《香飘魁岐村——福建协和》一书，脑海里对这所大学有了些许了解。

寻找这座大学，费了一番周折。车往马尾方向开，在快安打了好几个转，问了一些当地群众，回答的也是模棱两可。后来，了解到，新中国成立后在福建协和大学原址的一部分建了抗生素厂。我们打开导航，穿过村庄，以找制药厂的方式才找到这座藏于制药厂深处的福建协和大学旧址。车穿过通往制药厂的道路，脑海里记起了曾经看到了一张福建协和大学全景图，这里本没有村庄，学校前面是一片宽阔的田地，一条宽阔的协大路从江岸边直接通往学校。福建协和大学挨着闽江东岸，如今我们车从城里到这里，道路通达。可那时，学校往城里的路只是依靠闽江，走的是水路。“校园江边沿一排石阶便是协和码头。节假日，师生们在此排队候船，逆流而上，一个钟头即可到达福州城”。

穿过厂区，便是一片略有些宽敞的操场，操场的正面，向着闽江，那扇铁条制作的十分简单的拱形大门紧紧地锁着。那天，领着我参观的是工厂的负责人，也是我的朋友燕和先生。他说，这扇大门曾经被毁，后来，工厂依原样还原。校门，是一所学校的标志性建筑，最存于学生心底的记忆。曾经去过清华大学，许多人不是在现在的校门口留影，而是将自己的身影定格于老校门前。最近，福州五中重建校门，保留住了原来的校门，留住校门，就留住了记忆。我们拾级而上，这是一座用石砌起的“T”字形石阶，左右两边皆可登阶，之后汇聚。长长的石阶经过风雨寒暑的冲刷，经过无数人脚的踏磨，泛着油光，但是，又因为在半个多世纪的沉寂，有些石条长着绿绿的青苔。登上阶顶，两棵大樟树分立在石阶的两旁，郁郁葱葱，树干的枝丫上也长着不少的青苔。燕和说，这些树木都是当年留下的。我站在台阶上，举目望去，几十年变迁，已经见不到在图片留给我的操场印象，见不到操场上军训的学生，但是，叶圣陶先生在散文

《客语》中对校园风景的描述还清晰地记在我的脑海里："向来不曾亲近江山的，到此却觉得趣味丰富极了。书室的窗外，只隔一片草场，闲闲地流着闽江。彼岸的山绵延重叠，有时露出青翠的新妆，有时披上轻薄的雾帔，有时不知从什么地方来了好些云，却与山通起家来，于是更见得那些山郁郁然有奇观了。窗外的草场差不多是几十头羊和十条牛的领土。看守羊群的人似乎不主张放任主义的，他的部民才吃了一顿，立即用竹竿驱策着，叫它们回去"。先生的这段文字，富有诗意，我品读文犹如在品画。如今，站在这石阶上观赏，虽然楼房挡住了望江的视野，但是，我依然感佩把新校址选择在"鼓山脚下丘陵地带开成的V字形中"，这里背倚鼓麓、面瞰闽江。山后的鼓岭，便是闻名遐迩的鼓岭度假区，在十八世纪中叶，福州成为五口通商的口岸之一后，在离学校不远处的闽江南岸的仓前山建了领馆区，每到夏季，外国人云集鼓岭，学校在鼓岭建有教师避暑地。校园山后的一条小路，穿过密密的丛林，一个小时即可到鼓山之巅，"假日里，学生们三五成群，登山游历，兴致盎然"。学校畔着闽江，视野极其辽阔，可见日出日落，可望江面船来帆去、鸥鹭盘旋。叶圣陶先生在文章中感叹地说："这仿佛是古代幽人的境界，在什么诗篇什么画幅里见过的。"难怪福建协和大学在当时"被人们称作为世界上最好的十所大学之一”。

走上石阶，便又是一条路，路旁有几座方形斜顶的楼，这是学生宿舍楼。福建协和大学的校园设计是曾经为燕京大学校园设计的美国建筑师亨利·穆菲，从风格上看体现出中西合璧，主体是西洋式的，但屋顶又体现出北京皇宫建筑风格，当时有人很形象地戏称“穿着西装戴中国的帽”。我查阅了资料，当时的学生宿舍先后建有光华、光荣、光园和乐善诸楼，低年级学生通常是两个人住一间房子。光荣楼上的大方房，顶多也只住三四人。宿舍内设有淋浴间，盥洗间和卫生间。这些学生宿舍，如棋子般散布在山坡，绿树遮掩。叶圣陶在他的文章中写道：“卧室的窗对着山麓，望去有裸露的黑石，有矮矮的松林，有泉水冲过的涧道。间或有一两个人在山顶上樵采，形体藐小极了，看他们在那里运动着，便约略听得微茫的干草瑟瑟的声响。”先生把这番景色称作“仿佛是古代的幽人的境界”。可见，窗外的景色十分美丽。三环隧道口见到的那座红砖楼房，就是学生楼台中的一座，原来的朝向并不是如今这样，只是因为道路建设的需要，同时又考虑到它的保存价值，将楼房平挪了一个地方。

学校是年轻人的求学之地。大凡年轻人聚集的地方，充满活力，富有朝气。我望着这一幢幢学生宿舍，眼帘里仿佛浮现学子们手捧着书或是肩挎书包，三三两两地进出宿舍，仿佛听到风中传来的琅琅书声以及各种的演讲会、辩论会，仿佛看到田径场上奔跑的矫健身影和学生宿舍里的灯火，仿佛看到远处的园艺试验场里正在举办的社团活动。脑海里也绕萦着昨日读《香飘魁岐村——福建协和大学》一书时的一个故事，“当时有一些学生无心读书，迷上了看电影和戏曲。等到周末一定要上戏院看戏看电影。散场后还要下馆子，饮茶宵夜，尽兴而返，常常是深夜才回到学校。”看到这，我想着，这就是大学，这就是年轻的生活和成长的地方，看到这很自然在将它与自己的大学生活联系在一起，回想之中，心会溢起一丝温馨。38 年的风雨历程，这所学校也培养了许多杰出人才。我在阅读有关资料时，发现这么一个现象：学校的教师队伍，兴办之初以外籍为主体，到了 1934 年，中国教职员已经占了大多数，其中一个重要原因是学校培养的学生已经成为重要师资力量，“像日后在学术领域独领风骚、一举成名的郑作新、林兰英、唐促璋、韩振华、黄维垣等，都完成了从学生到先生、到著名科学家、学者的一个过程。”第三任校长林景润、第四任校长陈锡恩皆为该校毕业而后赴美，尤其是林景润校长，曾于 1916 年至 1919 年就读于该校政治学系，之后赴美留学，1927 年回国在学校任政治和经济学讲师并任校长，直到 1946 年夏天因病离开赴美休假，任校长长达 18 年，1945 年赴美治病，1947 年溘然与世长辞。

任何一所大学，都与时代休戚与共。尽管福建协和大学是一所教会创办的大学，但也不可能将自己置身于桃源之外。我查看了有关资料。从1931年起，学生中就有了中共党员，就秘密组织起了秘密的马列主义小组，1946年，成立了中共协大支部，1947年有了三个支部。在党组织的领导下，许多学生脱下军装，到革命斗争每一线去。我还翻阅福建协和大学的《大事年表》，信手将学生参加的一些活动摘抄：学生曾联络各校举行游行，声援北京学生的五四运动，1933年10月19日，学生各级代表会讨论向东北义勇军捐款事宜；1937年5月1日，由校歌咏团在福州铺前顶教学举行“福建学生专号飞机”募捐音乐会，1940年5月16日，学生自治会抗战剧团出发南城上饶金华玉山等地慰问演出，1944年有学生从军抗日、分赴前线……读到这些，心仿佛为学生们这种赤诚之心所感染。

沿着山坡向上，便是两幢教学楼，一幢是文学院、一幢是理学院，应该算是大学中占地面积最大的建筑了。据说，那时倘若泛舟于闽江之中，举目便可望见巍峨矗立着的两座雄伟的建筑。在《香飘魁岐村——福建协和大学》一书中，对两幢楼有这样一段记载：“文学楼六楼最上的一层是大礼堂和图书馆，中间是各学系机关的办公室，最底层是各学科的教室。”“理学院大楼又称科学馆，是生物学系、数理学、

国重点文物的保护单位申报备选名录。他们要将之打造成福州的一张名片。

痕迹，在岁月中划出。抚摸这道痕迹，正视这道痕迹，因为从这道痕迹中，可以体悟许多。还因为，珍惜这道痕迹，就是珍惜拥有，就是珍惜历史。

远方，霞光满天，江水波光粼粼，好一个艳阳天。

（本文在写作时，参考了《香飘魁岐村——福建协和》和海王制药厂提供的影像资料，在此表示感谢）

凝望太阳

一

每天清晨，喜欢静静地透过窗子，望着东方的那座山峰等待新一天太阳的跃出。有时，太阳跃出的地方一片浓云，晨的太阳跃出时就直接被浓云严严实实地包裹着，偶有云淡处，太阳的光芒晕染，云也变得明亮；有时天边的灿烂，火烧云磅礴，这是晨的盛装迎接新一天的太阳，有如一场隆重而浪漫的婚礼仪式，太阳从山后款款而出，犹如一位面带羞涩的少女慢慢地撩开他的面纱，你会觉得初阳透着风情，蕴着浪漫；有时，东方一片湛蓝，偶有几片浮云掠过，太阳在这片清澈中跃出，这些你会觉得这太阳升得直率、干脆。

二

两片乌云中夹着太阳，这时的太阳如一个明亮深情的眼眸，两片乌云似两张眼皮，眨着眼，不被乌云遮望眼。有时感到这“眼眸”光芒逼人，让人不敢直视；有时会觉得的含情脉脉，传递万种风情，偶尔在，这“眼眸”间几丝浮出轻轻掠过，“眼眸”间也带着几许淡淡的愁感。

三

太阳被浓云严严实实地遮掩着，乌云的周边，却镶嵌的金边，太阳对乌云说，你虽然遮挡了我身影，但是遮挡不住我的光芒。

四

太阳在走，乌云在飘，有时云与太阳像捉迷藏似的，一会儿，太阳躲进乌云中，一会儿又从乌云中露出脸庞，就这样周而复始。

望着穿梭云间的太阳，我想到了童真童趣。

五

人的一天有两种说法，一是以时间计，时针走完两个 12 点，零点从夜半开始，新一天也从夜半开始；二是以日出计，太阳出东方，望着黎明中的日出，人们深情地说，新一天开始了。

日出带来光明，望着日出，心生憧憬。

杉洋古镇：先贤过化之地

多次想写这片土地，动笔总不能成文，源于这块土地的厚重，以致不知从何落笔。所以，只能先将足以让我铭刻于心的一点记录于此。

站在祠庙前，注目那块盖在祠堂祖厅石阶上的厚厚的石板，它止住了人们拾级而上的脚步，让人们只能从石阶两旁的通道走上祠堂的祖殿。我问村民，为什么用石板把石阶盖着？村民回答说。这石板叫功名石，只有这个家族中有人考中了状元，才能将石板揭开，让状元第一个从宽敞的石阶登上祠堂祖厅。我又问，现在已经废除了科举考试了，也不可能再有中状元这一说了，那这石板岂不是永远这样覆盖着。村民笑而坚定地回答说，那就让它覆盖着，起到对家族子孙的激励作用，让子孙们好好读书。

村民一席话，深深震撼我的心。在杉洋的四大祠堂中，有三处祠堂曾都盖有功名石，一块已经被揭开，另两块依旧覆盖着，在岁月中等待着。

一

庚子年秋，又一次去了古田县的杉洋镇，这是个中国历史文化名镇，享有“先贤过化之乡”“山乡第一城”之美誉。古镇位于古田县东部，与宁德、罗源、屏南三县接壤，群山环抱，十里良畴，我去的时节，正值初秋，整个镇被连绵的金黄色的稻田簇拥着，景色非常的美丽，更添了乡村的韵味。在我的脑海里，一直把稻田与村庄联系在一起，觉得村无稻田，就称不上村落。

去的第一处，便是祠堂，不是为了寻根、不是为了问祖，杉洋的祠堂被专家学者赞为“全国罕有，全省独有”。游历过许多村落，规模比较大的村落，几乎都建有祠堂。我们可以通过一座祠堂，了解居住于这个村的族人从哪里迁徙而来，在这里繁衍生息的情况，又迁徙到哪里去。一座祠堂、便是一部辉煌的宗族展示馆。

最先去的是蝉林祠，它坐落于镇北的千米高峰狮岩山的狮首之下，坐倚“蓝田八景”之“狮岩积雪”，面朝“马首嘶风”，视野开阔，风景秀丽。蝉林祠乃风水宝地，物华天宝、地杰人灵，余氏子孙后裔遍布海内外，人数多达几十万。余氏乃杉洋的开基者，也是杉洋的第一大姓者，余氏祖籍泗州下邳郡，历经江西鄱阳、闽北建阳直至古田的辗转三迁。唐天宝十四年（755），开基祖余焕看中了杉洋，根据迁徙地均有一“阳”字的巧合，为了纪念余氏的三次迁徙，也为了取“三阳开泰”的寓意。把这块土地命名为“三阳”。从余焕到余褐，经五代人的薪火相传，逐渐奠定了稳固的基业。宋景德四年（1007）余褐创建了蝉林祠。

蝉林祠距离杉洋村三公里，若要瞻仰蝉林祠，必过下马亭，凡是骑马来的，都要在这里下马，如今，若是乘车来的，车停下马亭前，人步行而上，以显示人们对蝉林祠的敬意。拾级而上，便可望见亭子匾额“下马亭”三字，亭柱上有副楹联：“蝉噪山愈静、林深水亦清”巧妙地将“蝉林”两字入联。读来，有一种空灵清幽的感觉。过了“下马亭”，便到了“旗杆坵”，农村将一小片平地称为“坵”，将一大片平坦的土地称作为“洋”，杉洋这个镇名，也因为强调地势的平坦，而将“阳”改为“洋”。坵上树立着众多显耀历代科举人士功名的“旗杆碣”（夹旗杆的石块），原本多达 70 多副，现在还留存着 43 副。望着祠前林立的旗杆夹，可以想见，每个旗杆夹上都立有一面旗帜，那是多么壮观的旗阵啊！旗阵列列，又昭示着怎样的一种荣耀啊！“狮嶂钟灵持厚；蝉林流泽孔长”大门上的这副对联和众多的旗杆夹彰显这是一处风水宝地。

走进祠堂，见的最多的便是悬挂于柱子的匾额和楹联。宋徽宗御笔“檀越主尚书堂”竖匾悬挂于祖厅、“状元及第”竖匾悬挂在二进的科名阁上。在这里，还可以赏读到范仲淹的“八贤望重家声远，三谏名高世泽长”等名联。其中有一副楹联特别引起了我的兴趣：“祖泽养新根延祚孔长宏世德；孙枝承远荫诒谋式穀绍鸿基”，这是一副杉洋余氏名序行第字辈联，现在分播各地的杉洋余氏基本都遵循这副名序行第联句起名作字，达到了明世系、溯根本的目的。曾在省城见过这样一件趣事：两个素昧平生的人见面，彼此一介绍，发现都是余姓，再看名字，两人不同而约问道，你是杉洋人吧！我们是老同族啊，年纪大点的那位谦虚地说，我应当喊你一声“叔”啊！这就是姓名的密码，这名序行第字辈联，便是取名的规则。无论走到哪里，只要报上姓名，便可以识得同宗，认得同族。

徜徉于祠堂，细细欣赏这座建筑，我感受到它的气势。蝉林祠，建于宋，之后历经扩大、翻修，规模不断扩大，如今的蝉林祠，四进院落 3 个天井，中厅共有 11 个天花藻井，当地人俗称“旋天凤凰池”。中央藻井结构达到 48 旋之多，全部采用榫卯结构，不用一根钉，再由 8 个藻井拱卫，堪称古典建筑奇葩。

这只是我看到四大祠堂中的一座，在杉洋，还有李氏的凤林祠、彭氏总祠、林氏宗祠“联珠祠”，它们同样恢宏壮观：祠堂前的旗杆碣、祠堂里的匾额楹联，以及祠堂内介绍的每一位功名成就者。每一座祠堂，虽然布局不同，但都给人庄严肃穆厚重之感，由于篇幅的原因，不一一述说。

我每走进一座祠堂，便感受到浓郁的祠堂文化。以先祖为源、家族传承为根、有序传承，生生不息；每一座祠堂，通过对家族杰出人士的褒奖，让每一个后人感受家族的荣耀，培育热爱家族的意识，焕发传承家族的精神自觉。

二

看过祠堂，便去了蓝田书院，这是八闽最早的书院之一。穿过村落，向山而去。书院坐落于村东北边的山脚过，一眼望去，依山势而建，层次错落，格局宏大。这与我先前见到旧时的书院照片有很大不同。村民告诉我，这是近年来由一位在外的热心乡贤捐资重修的，它不仅捐建书院，而且出资聘请教师到书院授课，让书院书声不断。我走进书院时，一位年轻的女教师正领着穿着汉服的孩子，诵读《弟子规》。祠堂有香火，书院也有香火，书院的香火便是书声，琅琅书声，穿空而来。我徜徉书院中，从女教师的书声中我仿佛听到了朱熹先生当年在书院讲学的声音。据记载，朱熹先生在南宋淳熙十一年（1184 年）来古田寻访父亲在古田的友人，并在恩师李侗祖籍地杉洋村“游学讲论”短暂逗留。南宋庆元三年（1197 年）朱熹应杉洋门人之邀从建阳前来杉洋避祸讲学、这一次，他题了“蓝田书院”四个遒劲大字，镌刻在书院东侧的石壁上。朱熹把这里当作了避祸躲灾的理想处所和传播理学的根据地，白天谈经论道，晚上则与门人一起在聚星台上观星象，谈国事。朱熹两度在杉洋的授业解惑，不仅培养出了众多的闽东籍弟子，其中“古田十八门人尤为著名，他们在学术上多有建树，不少人还取得功名，且多有著述行世，有一部分后来成为古田各个书院的掌门人。而且还孕育了这里的诗礼传家、崇儒尚学的乡俗民风。

从远处望着新修建的依偎青山的蓝田书院，山涧清澈的溪水从书院前静静地流过，书院融山川秀色与古典建筑艺术为一体，端庄而静穆。自宋至今，已逾千年，书院虽也命运多舛，但屡毁屡建中也足以见得杉洋百姓对书院的特殊情感。据《杉洋讲古》一书介绍，宋、元、清、民国时期都曾大规模重修。宋时重建后规模宏壮、万瓦粼粼，焕然一新。明时重建，杉洋人倾村而动，全县协办，重建后，蓝田书院览之，则讲堂，华表、池台楼阁峭然深秀，负狮山而望玉屏，山川环列，土木繁兴，殿阁杰伟。清乾隆的福建学政、翰林院侍讲学士朱珪撰在《蓝田书院碑记》中这样写道“育养人材，涵濡沐浴，多士得幸”。蓝田书院“创建于五百年前，重兴于五百年后，而后知夫子音容常在，教泽长存也”。如今，在书院内，还立有一块蓝田书院捐资碑，碑的中部正文突出蓝田书院为“唐永贞县令余仁椿捐资鼎建”。两侧的碑文罗列自南宋至民国历代重修蓝田书院绅董的芳名。1925年，杉洋人重修蓝田书院，人们在碑上最醒目处刻上“余为亨公”。之所以勒石于其上，是为了纪念已经去世19年的余为亨临终前交给子孙30块银圆，嘱咐“如果蓝田书院有重修，就一定要把这银圆交给书院”。

1975年12月间，一场大火烧毁了书院，重建书院的愿望一直深藏于杉洋人的心底。在杉洋人眼里，书院是杉洋人的精神大厦，重建它，让杉洋的这一文化地标重现，似乎是这代杉洋人的一种责任。2009年12月，由余仁椿的后人、经济学博士余云辉捐资480万元启动了书院的重建，2013年1月，举行盛大的重建后的竣工典礼。创建于一千多年前，重兴于一千多年后，而后知朱子音容常在，教泽长存也。

800多年前，杉洋人请来了避祸躲灾的朱熹、800多年来，朱熹的“雪堂养浩凝清气，月窟观空静我神”，这种境界，陶冶着杉洋人，使得杉洋人与蓝田书院生出割舍不断的情缘。

杉洋不止有书院，在一千多年的历史中，这里还有蒙养室、龙文书院、下理斋、文昌阁和近代外国传教士办的培英学校和育秀学校，近代颇具规模的杉洋国民小学。有着一千多年建村史的杉洋，它的乡风，是在稻香与书香融合中孕育和传承着。养身谷为宝、济世书留香，杉洋人深谙个道理。

问渠哪得清如许，为有源头活水来。书，是一个济世传家的精神源头，一个村有书香，一个村便有希望。腹有诗书气自华，一个村的书院和私塾等，便是这个村的诗书，是村庄的精神场所。

从书院出来，去了设在国民小学内演武厅。一位已是67岁的老者为我们展示了武功，尤其是他的龙桩拳的表演更是让人惊叹不已。他说，在这里设堂演武，就是为了传承杉洋的“武术之乡”的传统。

杉洋习武的历史要追溯到唐代，杉洋的习武之风兴起，当然是为了抗击盗寇，守土安民。杉洋的百姓文武兼修，不仅只求武艺，更重培植武德。不仅培育出了状元，也造就林承昌、林朝聘这样的戍台名将和抗英民族英雄。

杉洋习武传统延续千载，至今犹盛，难怪人们称道，杉洋乃文武古镇。

三

看了祠堂，走过书院，已经是午餐时间。在等餐的时候，我登上了楼的高处，放眼眺望，村落被群山环抱，山上似乎有断垣的城墙模样。我问当地的同志，他说，是的，那是一截断墙。

村寨有墙、寨堡有墙、庄寨有墙，城有城墙，要么为了抵御外敌，要么为了防止匪患。杉洋有墙，不觉得有什么稀罕，但我好奇的是，人们称它为城墙。

当地同志看出了我的好奇，便反问：“你不知道吧，历史上的杉洋具有‘准县城’地位，在明代时，便有了‘城’的雅称“。

杉洋建城墙，迟于古田两年。此时的杉洋已是余、李、彭、林诸姓全境千家聚居的大镇，居民辐辏，万灶人烟、栋宇迭起，街市密布，古道纵横，无论从人口数量、规模、繁荣程度、地理位置都可以与小县城比肩。

在明代时，福州府看好了杉洋的地理位置和防卫设施，在杉洋设捕盗馆，配备兵员百余名。后来，杉洋还设有巡检司。明清之际，杉洋曾有设县之议。明末清初的思想家顾炎武在《天下郡国利病书》中写道：“古田杉洋，去县百五十余里，昔议设县不果，乃设福州捕盗通判一员镇之，以治宁（宁德）、福（福州）、政（政和）、寿（寿宁）、松（松溪）一带矿徒。在清朝，通判也称为分府，辅助知府政务，弥补知府管辖不足之处，通判的官阶为六品，可见，在管制上，杉洋具有县城管辖的地位。

筑墙以防匪，杉洋的城墙也同于此。杉洋的城墙在明、清两代两次修筑，起到了很好的防寇安民的作用，为民众守护着一片安宁。

建筑承载着文化，杉洋的城墙在起安民作用的同时，文化也渐渐浸润其间，丰富了城墙的文化内涵。村西的过化门顶上横书“先贤过化之地”，城墙边还嵌有两方石碑，一方写着“先贤过化之乡”。另一方写着“过化之区”。城楼窗户书有“礼义廉耻，国之四维”“四维既张、国乃复兴”等字句。

为了能够近距离地感受古城墙的韵味，午饭后我专门去看了城门，这些石头是杉洋溪水千万年磨洗过的块石和鹅卵石，经过能工巧匠的手，竟如此有序地垒成了一道墙、一座城楼，仔细地抚摸每一块石头，我都感到他有温度，都带着岁月的包浆，看着石头与石头间的每一道线条构成的图案，我感觉当时工匠的精湛的工艺和智慧。

一首俚语，从远处传来：“成字加土就是城，杉洋石城真出名。残兵土匪多次犯，小小杉洋难进城”。如今，城墙作为防御匪患的功能已经不在，但是作为杉洋一段历史的印迹，会告诉我们杉洋的曾经，会泛起藏于心底的乡愁。

四

古镇一定有古宅，每一座古建筑，都是一座精美的建筑臻品。

至今，杉洋村尚存着 200 多座明清时期的古民宅，多座古民居建筑舒阔深广，造型考究独特，装饰古雅精美。杉洋的古民居，多以堂字命名：积庆堂、环孩堂，光迪堂、聚德堂，敦仁堂、成德堂……，还有的以厝堂取名：举人厝、姑娘厝、芙蓉厝。这些堂号，一般都立在厅堂正中，从堂名来看，每个堂名都富有文化韵味。从高处鸟瞰这些民居，不难发现大多沿袭了中原汉族古民居建筑风格和徽派建筑特征，布局上多采用北方四合院的风格，中轴线对称、多层次进深、前后左右有机衔接，均齐配置。在防火墙上，每座老宅，几乎都被厚实的墙体包裹着，但造型上既有微派厚实的阶梯形的马头墙，也有采用半弧形、人字形、几形的“虾姑墙”、“马鞍墙” 等形状的风火墙。屋项多铺泥土烧制的青瓦。每座宅院，屋项层次错落，下房、厢房、护厝的屋顶较低，为单坡式或硬山顶式屋顶，主屋屋顶较倾斜。一些考究的屋脊采用歇山顶，厝与厝之间相互隔离，仿佛中国的楷书，既独立成字，又气韵相通，墙体的曲线柔和优美，给人静气和谐之感。

这天，先后去了积庆堂、百廿间。两座老宅气势恢宏，一进老宅，便是天井，阳光斜映下盆盆兰花叶绿花素白，走过天井后便是厅堂。一座老宅的厅堂往往是最豪华的部分，厅堂的牌匾和屋柱上的对联是折射家族史的点睛之笔。行走于老宅间，可以感受到各单体建筑的各处隔扇、前檐等木质雕饰，精美细腻，玲珑剔透。石柱础上雕刻有八仙等图案，栩栩如生，墙上有许多泥塑彩绘，这些彩绘，有如现在的连环画，通过多幅图片讲述一个故事。从这些老宅中我体会到，自古以来，人们就已经意识到教育的潜移默化的作用。

杉洋不止有古城墙、古祠、古厝，还有众多的古街巷、古商号、古寺庙、古宫观、古教堂、古楼阁、古亭台、古廊桥、古碑刻、古井等等，这些古迹，承载着杉洋厚重的人文，增添了古镇的韵味。

五

“蓝田好，仙路入桃源。秀水一条银带绕，奇峰四面玉屏环，人在洞天中”宋代外乡人士李廷芳当年赞美杉洋的词。读了这词，杉洋宛如仙境。无论是立于田野之中环顾周边群山，还是站在凤林祠欣赏凤林栖霞，都陶醉在美丽景色中，杉洋的好山好水好风光，吸引了众多的文人墨客造访杉洋，甚至是长驻杉洋，杉洋的美色让他们诗兴勃发，留下了许多诗文，丰富了杉洋的人文内涵，滋养了这块先贤过化之地。

蓝田有八景，与当地同志聊起，他们如数家珍：村北有狮岩山，巍峰峭峙，山巅似巨狮，冬日有积雪，狮身洁白如雪，曰：狮岩凌雪；东面有象峰山，因形如巨象而得名。斜阳晚照，碧崖披霞，曰：象峰返照；云梯接汉位于象峰山之左，石级扶摇直上，入白云缥缈之间；象峰山还有一景一线洞天，有前后岩门，相距十余丈，洞穴深幽，仅见一线光明；在蓝田书院的山上，有一洞穴，人在洞内眺望天际与对面的山，云雾蒸腾，曰：古洞留云；夏庄凤林山，其山如凤，霞光凝聚，彩凤欲飞，取名凤林栖霞；南面有马首山，犹骏马作嘶风状，便是马首嘶风一景；蓝田书院山上有一清泉水池，东山月出时即照池中。池边石壁上有朱子题“引月”二字。人将此景取名为天池引月。

先贤过化出的民风民俗纯朴而崇善，物华天宝制作出的各种美食，丰富着百姓生活。元宵节前后的迎坪民俗、祭祖、全村同庆杨公诞、陈夫人庆赞盛典、杉洋盘诗、中元节等活动，在外的游子，每每谈起这些活动，都会泛起深藏于心的乡愁。品着杉洋的清斌扁肉、夹痞年糕、开派切面、嘉长软糕、猴啼花生糖、阿妹嫂油糍、长嘴豆腐仔、朝钦粿蛋、郑郑橄榄酥、纯进麦芽糖、金娇妈花生酥，味蕾中浓浓的家乡味道。

杉洋古镇是中国乡土研究的一个标本，清华大学张小军博士编著出版《乡土中国·蓝田》，他和本地文史专家余理民先生合编的《福建杉洋村落碑记》、古田县政协副主席李扬强先生先后编著出版《蓝田古文化》《蓝田引月》，余增福、余炳炎等人编辑的《三洋开泰》《杉洋》两本画册，古田县政协组织编写《杉洋讲古》系列，对杉洋的这块先贤过化之地有了更多的介绍，对杉洋古镇古文化的传承作了贡献。

先贤过化之地，融自然景观与人文融为一体，文风鼎旺、文脉绵延。如果要用男人或女人来形容杉洋，我觉得杉洋既有男人有阳刚，也具女人的秀美。阳刚是杉洋的内在气质，秀美是杉洋的外在颜面。

一个乡村有一个乡村的魂。这魂，孕育于这山这水、这土这地，是生于斯、长于斯的子民代代锻铸又代代传承的精神气韵。乡愁，是依恋，是对精神气质的依恋，对魂的依恋。

（本文写作中参考和引用了刘振茂主编的《杉洋讲古》一些资料，得到了倪可翔、余增福、谢百舸老师指正，在此表示衷心感谢）

乡村短章

乡村，守望田园，续写着乡愁。乡愁，或许是祖辈、父辈……或许是自己的出发点，每个人都可以在乡村找到自己的根、寻到自己的肪，明白自己从那里来。

乡村、守望田园，我、守望乡村。

于迁徙中，觅一处安生之处，原野中守望，岁月中生息、风雨中繁衍。眺望村景，那是岁月沉淀出的家园，聆听乡曲，那是岁月唱出的村。看了、涌起乡愁，听了，乡愁激荡。

古厝，在岁月中沉淀，在风雨中磨砺。沉淀出的是乡风民俗，沉淀出的是属于这个乡村的文化；磨砺出乡村的性格秉性，磨砺出属于这个村的印痕。静静地走在青石板上，青石油光可鉴，从这油光中，有温度。

斑驳的巷道，斑驳的墙，风雨中浸漫、岁月的发酵，行走其间，总有一种用文字表达不出的味。

青绿与静相通，与和相近。走进山水，融入青绿，吮吸青新，感悟自然。

老厝前的石旗杆，耸天而立，直指青天，立在大地上的一枚勋章，彰显这户人家曾经的荣耀。

北峰山头的村落，曾经的驿站，南来北往的旅者，在这里歇脚，一洗旅行的疲乏。旅人不再，但驿道犹存，望着古寨，耳帘缭绕宋人留下的古诗。

书斋捡括

持之以恒地怀揣好奇之心

经常在日落之时，伫立西湖畔，静静地欣赏黄昏的绚烂。久而久之，发现虽然都是黄昏日落的景致，但每次的景色却从来相同。有时圆圆的太阳通红地悬在天际，天际一片通红，红的热烈而奔放。有时太阳将自己隐没在厚厚的云层里，时而露出那羞涩的面庞，落日在云际间穿行，将天际渲染得蓝中透金。有时那轮落日在即将完全消失在山背后时，却把层层叠叠的云演绎得层次分明。有时在那轮落日的照耀下，云朵如排骨般排列着，一道道地向远处伸出，色彩也由明向暗演变。每次欣赏落日景色，心都充满着好奇，脑海中都留下许多遐想。

大自然是一块调色板，不同的气候、不同的云层，就会有不同的落日景致。倘若以一次的欣赏得出一处景点的印象那就有失偏颇了。由此，我又想到切苹果的故事，人们总是习惯竖着切苹果，切开之后没有看到完整的图案。而一位孩子却把苹果横着切开，切开后他看到了一个苹果籽组成的美丽的五星图案。

联系到我们的工作，也许我们每个人所从事的工作周而复始，久而久之，会有单调平乏之感，会心生懈怠之感，慢慢地失去热情。但通过在西湖欣赏风景让我悟到，虽然欣赏的是同一处风景，但景致却异彩纷呈，虽然每天从事同样的工作，但只要有在同一处地方欣赏景致那般持之以恒，又有孩子切开苹果那般的好奇之心，我们就能够把看似简单的工作做得精彩，做得富有成效。

归纳之，人应当持之以恒地怀揣好奇之心。

成功五要素：目标、时间、途径、工具和态度

——从一个简单的事例说起

举个简单实例。一个人欲往外地参加会议，选择从南站乘坐火车出行。从住所到南站有五条道路可以前往，路况时顺时堵，且离开车时间不足一个小时，倘若选择不好，就可能误了车而无法成行。经过一番策划，他顺利赶上火车。从这个实例中反映了成功的几个基本要素。

一是目标。这位欲往外地的人，选择了火车出行。火车南站是他的目标。应当说，前往外地的方式不是唯一的，比如还可以乘坐飞机，但是，目标的选择必须量力而行，除了依凭自己的兴趣爱好，有的人喜欢飞机，有的喜欢火车；其次还要依据个人财力；再次还要依据规定，对公务人员来说，出行方式均有具体的规定。目标的确定，是权衡的结果。

二是时间。距离火车发车只剩一个小时，必须在一个小时内到达目的地，否则，就误了时间。

三是路径。目标确定之后，选择实现目标的途径就显得

特别重要。实现目标的路径不是唯一的，比如，从住所到火车南站，首先需要弄清有几条道路可以通达，哪条路比较通畅。倘若路径不明，便无法及时到达目标。许多人不能成功，不是缺乏目标，而是缺乏实现成功的路径。

四是工具。途径确定之后，需要选择的是，用什么工具去实现确定的目标。从住所到火车站，可以选择的工具很多，诸如自驾车、出租车、公交车、自行车等。用什么工具，也关乎目标的实现。比如，自驾车，要考虑车轮的可靠性；公交车，要考虑车的速度；自行车，也需考虑车的速度的问题。每一个工具都各有利弊，没有哪一个工具占据绝对优势，选择哪个工具，需要认真研判，再谨慎作出选择。工具的选择可以是单一的，也可以是组合的。工具的选择，没有定式，是为实现目标服务的。

五是态度。从住所到火车站，一些不可预测的问题总有可能产生。这时候，如何处置，取决于你的心态。只有心态积极，处置的效果才能好。消极应对，无助于困难的解决。

这个实例看似很简单，但却包含一个人走向成功的五要素。目标是前提，没有目标，就没有方向，就谈不上成功，但目标的确定，必须量力而行。时间是机遇，必须树立时间观念，因为机遇稍纵即失，而且失不再来。路径和工具为实现目标服务的，应当随着情况的变化而变化。态度决定成败。面对突发性事件，办法总比困难多，但解决困难的决心不能改变。决心改变了，悲观情绪产生了，止步不前了，那么，你面对的便不是成功，而是失败。

花开时，绿叶化泥

凉台上的那盆三角梅吐蕾了，一些枝头的末梢有了些许嫣红。清晨，走到花前，静静地观赏。

花渐开渐盛，我发现，随着花的增多，绿叶却在不断地掉落。绿叶落在了盆里，厚厚的一层。最后，满树嫣红，绿叶却几乎落尽，让人更加感到这三角梅的热情奔放。

心，又一次生起了对绿叶的敬意。

有句成语说，好花还需绿叶衬。甘于陪衬，已令人觉得绿叶高尚了。可这株三角梅的绿叶来得更加干脆，不做绿叶陪衬，而是化泥去护花，做一片落叶，腾挪出位置，让花儿开得纯粹，让花儿获得更多的养料。愿意化作春泥护花的绿叶，应当比衬花的绿叶更高尚吧！

花开终有落去时。花落去，枝头又将吐出绿芽，披上新绿，现出一片生机。

花满枝头，绿叶化泥。

“净地”与“空门”

福州鼓山涌泉寺的山门处，有一副对联：“净地何须扫，空门不用关”。印象深刻，仔细琢磨，此联语言平实，与寺庙的意境十分贴切，也富有禅意。然从另一个角度思考，可给今人一些现实的启迪。

表面上看，“净地何须扫”，是问“干净的地还须要扫吗”，更直白的是说“干净的地不须要扫”。“空门不用关”是告诉人们，家徒四壁、一无所有还需要关门吗？言外之意，无物可偷，还需要防贼防盗吗？

这幅联是在提醒人们：扫地为地净，门关因不空。因为地不扫的前提是地必须干净，门不关的前提是屋中无物。可是，哪里有地不扫而净呢？哪里有不用关的空门呢？

地须常扫，只因没有无须打扫却永远干净的地方啊。就是在寺庙内，也可以看到小僧手持扫把扫地，也常见僧人细心地拂去殿堂的尘埃。春有落花，秋有落叶，冬有枯叶，空间有尘埃，地不扫，无以得净。地当日日扫，刚参加工作时，每日上班的第一件事，就是打扫庭院、擦办公室的桌椅，为自己赢得一个好的办公环境，有一个愉悦的工作心境。地因打扫而净，世间没有无须打扫的净地啊！从广义上理解这上联，思想也是一个“地”，也需要时常打扫，只是“净”的标准不同、要求也不同，作为共产党人，思想之“地”须常扫，这“扫”就是世界观、人生观、价值观的改造。

门必须关。只因门不关就容易受侵扰、遭破坏。其一，门不关，就是诱惑，窃贼会因从门之不关进去探个究竟，捣腾一番，甚至挖地三尺，待清楚确实是个空门，此地也变得面目全非。这就如我们常说的“破窗效应”。其二，空门不用关，还在提醒人们，不空的门须关好。有形之门如此，无形之门也如此，这无形之门即思想之门，每道思想之门都不是空门，都必须关好。关不好，就容易招“贼”入“侵”，就容易受到诱惑，它偷走的不只是一二件物品，而是灵魂，灵魂失去，一切尽失。把思想之门关好，得用科学的理论，得用科学的制度。

世间，不存在无须打扫的净地，也没有无须关的空门。

通讯工具的变化

孩提时，就读到“烽火连三月，家书抵万金”，就知道古人对家书的渴求。这家书，就是我们今天所说的信。20 世纪 70 年代中期离开了家庭去了农村，开始体验等信的那种心情，渴望听到从村里的那条小道传来的叮当叮当的车铃声，见到那穿着绿色工作服、戴着大盖帽的送邮人。一封信，从写信人到寄信人，十天半月，信中的许多信息大多成了旧闻，说的许多事大多成了过去时。那个时候，最害怕听到邮递员扯着嗓子喊：某某，电报！那一定是家中有什么心急火燎的事。即使这样，收到一封电报，也要花上一两天的时间。而且费用不低，每字七分，算是昂贵的了。没有什么紧急情况，一般不会选择发电报，即使发了，那字数也是一减再减，减到能让看电报的人知道意思就行了。

如今的许多人，可能没有体会过对书信的渴望，也没有体会过等待书信的那种焦虑。走在大街上，或是坐在公交车上，见到最多的是看手机、玩手机、打手机的人。当你思念家中的亲人、远方的朋友，拿起手机，哪怕远在异国他乡，顷刻之间就能联络上。曾经与一位“00 后”的年轻人谈起写信。谈起电报，他瞪着一双疑惑的大眼，觉得有些不可思议。在他的脑子之中，压根就没有电报这么一个概念，对于写信，也觉得太麻烦了。他指着手机说，只要手机在手，想找个人，说个事，对自己相爱的人表达个爱意，哪怕在天涯海角，也是分分秒秒的事。

从20世纪70年代手写书信，到如今的手机，四十多年的光阴，其间，人们的通讯工具经历了许多变化，我在脑海中，梳理着这些变化，理出了一条清晰的轨迹。

20世纪80年代，家装电话还不普及。家庭要装个电话，要么因为工作的需要，由单位向电信部门申请，批准后再上门安装，要么托个门子，交上初装费，安部电话。那时每部电话的初装费达三千元，对于月收入不过千的人来说，不是个小费用。那时，装个电话，不仅仅为了通讯。那时，如果谁告诉你，他家的电话号码，你会感觉，这家庭不是一般的家庭。这电话，也经历了一个变化。最初，每个单位都有一个小总机，单位内部使用的电话叫作分机，打电话先打到总机，再由接线员接到分机，尔后，使用脉冲电话，每拨动一个数字，就要转上一圈，再后来，取而代之的是数字电话，也就是我们今天使用的电话机，拨号键盘如电脑键盘，方便快捷。

20世纪90年代，是传呼机的普及时代。这传呼机俗称

“BB机”。人们大概是根据它发出的“BB”声而叫他“BB机”的吧，有的人更简单地称之为“呼机”。言意之下，它只具有传呼功能。这呼机，大小如火柴盒般，花上两三百元，便可购上一台呼机，别在腰间，也算是那个年代大多数人的“标配”。在办公室里，会议室里，或是公共场所，不时可以听到呼机响起。小小的呼机经历了两个阶段，先是只能显示电话号码，人们称视它为数字传呼机，呼机响起后，需要人们就近找部电话回过去。后来发展到了汉字呼机，这种呼机，有汉字显示功能，呼机响起后，可以告诉你具体的信息，你如果想回个话，也可以在呼机上输入中文发送出去，这样少了电话回话的麻烦。

呼机的普及带动了卡的普及。那时候，福州的大街小巷路边有许多电话亭。呼机响起，人们可以停下正在骑的自行车，就近回个电话，也可以满足有些家庭没有安装电话的不足。电话亭的电话，都是插卡使用的电话。要打电话，先插卡。先是田村卡，后是IC卡，每个人的钱包里都少不了一两张卡。现在想起随处可见的电话亭，想到商店柜台上的公用电话，我想到了如今大家热议的共享经济，这公用电话，应当是共享经济的雏形吧！

手机的发展让“BB机”昙花一现。在我的印象中，手机的前身是“大哥大”。我一直以为，这“大哥大”取得名符其实。其形如砖，抓在手里，如抓一块砖在手里；放在桌面上，有如一尊雕塑；放在包里，占有一定位置，以致箱包厂生产出专用的大哥大包。其势如牛，那时大哥大成了有钱人的象征，手握大哥大、挺着大肥肚、身穿背带裤是一种生动写照。几年过去了，大哥大瘦身了，体积越来越小，功能越来越多，越来越国产化。20 世纪的手机，大多是诺基亚、爱立信、摩托罗拉等一些舶来品，而如今，像华为这样的国产品牌已经可以与苹果、三星这样一些国外品牌论个高低，而且在竞争中占了上风。我使用的是一部华为手机，已经三年了，它成了随身的必带之物，甚至有些须臾不能离手。

如今的手机，不单纯用于通话，更成为我们的生活的好助手。有人调侃说，手机是自己的人生伴侣。我深切地感受到，这手机，让我的生活起来越便捷。一部手机在手，便可知天下大事。手机办事，手机应用程序让你办事“一趟不用跑”。手机支付，出门不用带钱，轻轻扫一扫，轻松支付。手机查询，想了解航班几点起飞、几点降落，手机上查一查，省了在机场等待的时间；出门旅游，路途不熟，找开手机中的导航功能，便可轻轻松松让你到达目的地。手机购物，想要购买什么东西，上网查询，货比三家，送货到家，便捷又便宜。手机聊天，短信、QQ、微信……一个又一个新的聊天工具的产生，让人们沟通交流更加便捷……我知道，手机的背后，是强大的互联网，孕育着强大的互联网经济。

四十多年通讯工具的变化，可以清晰地看出一条轨迹。这条轨迹的形成，是改革开放以来我们国家科学技术的进步。是科学技术改变了我们许多生活方式。

人能知足心常乐，事到无求品自高

在三坊七巷的鄢家花厅，悬挂着萨镇冰先生题的楹联：“人能知足心常乐，事到无求品自高”。这联，意韵深远，饱含情怀和淡泊的心态，可以陶冶人们的性情。

人能知足是心常乐的基础。人最大的烦恼、最大的不快乐在于不知足，为物所困，为情所惑。什么是不知足，要么没有底线，要么突破底线。我们所说的不知足，更多指的是对权力、地位、金钱的无度追求。追求无度，可能就会用一切可以用于交换的资源来寻租：权权交易、权钱交易、权色交易，甚至用暴力手段寻租。老子曰：“罪莫大于可欲，祸莫大于不知足，咎莫大于欲得。故知足之足，常足。”知足者常乐，何以乐，能知足也。知足者，不是无追求，不是胸无大志、碌碌无为；知足者总是满怀乐观向上的精神，充满感恩之心，精神的充盈往往比物质的富有更令人享受、更高尚。

品能自高，须做到事事无求。一个人的人品如何，是通过一件件、一桩桩事体现出来的。这里所说的事，是私事，是关系到自己切身利益的事。利益处正是利害处，对这些事的处理往往是观察和评判一个人品行的窗口。内化于心，外化于行。品是内化于心的结果，事的处理是外化于行的表现。

还有些楹联经久流传，为人们所喜爱，虽然与这幅有的字句有所不同，但其表现的思想是一致的。文学家纪晓岚先生的老师陈自崖曾经撰写一联“事能知足心常泰，人到无求品自高”。著名作家冰心先生九十四岁时书“事因知足心常乐，人到无求品自高”，将它视为心铭。为鄢家花厅题写这幅联的萨镇冰先生，是一位经历甲午海战的卓越的人才。他一生扶贫济困，广造福祉，为人们所敬仰。通过先生题写的这幅楹联，可以窥见先生的精神世界与情怀。

搭　配

一日，拜访一位朋友，朋友煮白茶招待。只见他先是啜了一勺白牡丹放进煮茶器，再啜一勺寿眉，两者放到一块煮。我十分不解，问他道：茶不是讲究味正吗？这样混搭，茶味还正吗？朋友笑着说，都是白茶，品种不同放在一块煮，茶味更足。茶煮好后，朋友沏上一杯，品之，果然比单纯用白牡丹或是寿眉煮出的茶味更甘、更醇。

我想到了搭配。世间的许多东西就是搭配出来的。典型的是中药，医生开出的中药处分，是由许多味的中药组合而成的。不同草药的组合，达到不同的治疗效果。时常为黄昏的景色所着迷，大自然就是一位艺术家，把不同的色彩搭配得浑然一体，让你陶醉。品味厨师烹调出的美食，说起来，食材也就那么几样，却搭配出了许许多多的滋味。

再看看文字。中国文字，几千个文字的搭配，承担起思想的表达，记载着中华民族的文明。英文只有二十六个字母，也就是这区区二十六个字母的搭配出了无数的英文单词。

搭配，让世界更加丰富，生活更加多彩。搭配，是一种创新，是一种艺术。敢不敢搭配，看出你的勇气；会不会搭配，看出你的能力。

“匠”与“师”的区别在于创新性。匠者，把事做精了，但创新性不够；师者，总是不满足于现状，不愿意重蹈覆辙，总是怀揣创新冲动，不断地做出人无我有，人有我新的东西来。

搭配，需要想象。这想象，不是胡思乱想，而是奇思妙想。这种搭配，是别人想象不出，但让人一看，却又感到一切是那样的自然，让人有一种“要的就是这个”的冲动。

会搭配的人，通过优势互补，搭配出的是时尚，是品位，是精致，是美感，是美轮美奂，是新的事物。不善搭配者，搭配不出格调，产生不了美感，甚至搭配出的是丑，是恶。

搭配，不是毫无章法，不是随心所欲，而是看似随意，实则是在掌握章法、规律之上的娴熟运用，一切皆有章法。搭配，是知识性与艺术性的巧妙融合，是让知识插上想象翅膀的飞越。

有个时髦的词汇叫混搭。混搭好啊，就看你会搭不会搭了。

好一个“孤”字

湖面上漂泊的一叶轻舟，画家喜欢以之入画，诗人乐于以之入诗。我也喜欢那一番意境。小时候，常去闽江边上，静静望着一叶轻舟，一看就消磨了半个时辰。

我说的那叶轻舟，是个竹筏，几根毛竹用竹绳扎在一起，宽不足一米。筏头稍稍翘起，那是用火烤后人工扭成的。这叶轻舟，一般都泊在小船边，晨时或黄昏，船民们便解开缆绳，驾着轻舟往江中捕鱼。渔翁撒开渔网，此时，无论是朝阳初照，还是落日余晖，无论是细雨霏霏，还是薄雾冥冥，都令人感到安逸、闲适、淡泊的意境。

“孤舟蓑笠翁，独钓寒江雪。”反复地吟诵，最打动我心怀的是一个“孤”字。这字很能与人共鸣，产生孤寂之美。这种美是阴柔之美，会让人们回归平淡、找回闲适。

最感怀的还是那叶轻舟的驾驭者。这轻舟，简单的不能再简单了，几根竹子，没有任何现代工具装备，全凭着驾驭者娴熟的技巧和对水道的熟悉。在风平浪静的湖面、江面，轻舟确如一片叶子，驾驭者轻轻地划着桨，微波轻涌，让人看人，很是享受。但是，当我读到“朝辞白帝彩云间，千里江陵一日还。两岸猿声啼不住，轻舟已过万重山”时，听到长江三峡船工的号子时，心里的那份闲适感荡然无存。可以想象，一叶轻舟，在急湍的江流中飞疾，时而被江流托上浪尖，时而又穿行在礁石激流间，场面是多么惊心动魄。这位独行者勇敢、沉稳，也让我心生了壮美之感。这种美是阳刚之美、雄浑之美，会让我心底里热血沸腾，令我对这位勇敢的驾驭者产生崇敬之感。

一叶轻舟，一位驾驭这叶轻舟的人，一个孤字给人的意境。

拿 捏

中医推拿中的两个基本动作，一是拿，二是捏。要把这两个基本动作运用到稔熟，做到精准，确不容易。拿捏不是在人体上胡乱拿捏，而是要通穴位、知脉络、晓部位、懂功用。力要精准，不能过度，也不能无力。过度了容易伤身体，酿成不良后果；力不到，起不到治疗效果。要知方法，是推，是捏，依具体情况而定，当推则推，当捏则捏。这些，说易行难，理论知识要有，在实践中积累更为重要。在一次次的治疗中积累经验，才能理解和把握拿捏的内涵。

有一次，看一位艺人捏泥人。面泥在艺人的手中拉拉捏捏，不一会儿，一个可爱的形象就呈现在你的面前，让人看了爱不释手。艺人捏泥人，心中要有泥人，要有泥人的形象，是俊，是丑，是幽默，是诙谐，是乐，是愁……心中无物，手中也无物，但是心中有物还不够，还要有表现的能力，即我们常说的心追手摹、心手相随，否则只能是力不从心、手不随心。

想想，人的成长过程也是个拿捏的过程。未成人时，父母、老师是拿捏者。我们常说对孩子要爱，但不能溺爱，这就要拿捏，分清爱与溺爱的区别。还有对严与爱的拿捏。严管就是厚爱，严与爱看似矛盾，其实又是统一，为爱而严，用严来体现爱。长大成人了，自己的形象是自己拿捏出来的。怀揣梦想前行，心中有梦，行才有目标。梦有了，如何圆梦，都需要自己不断地调适、不断地拿捏。拿捏，也是一种判断。比如，一个人要当机立断，当断则断。难不在于断，而在于“当”字。当是时机，当断不断，反受其乱。但是，不当断而断，往往也会带来后患。拿捏，其实也是一次校正，人走在路上，用初心校正自己，用信仰校正自己，日参省乎己，让自己走的路不偏、道不离。

拿捏者，要养心。心是你的言与行的导向。心正则事正，心纯则行纯。养心，要涵养心胸，心胸宽广了，拿捏出的东西就显得大气。当然，拿捏自己的人生，拿捏自己的形象，还需要不断地提高自己的能力水平，增长自己的才干，做到心手相随，内化于心，外化于形。

3D 打印出的“牛”

那天，去朱紫坊看了漆艺术双年展。徜徉展厅之间，驻足精湛的艺术品之前，听着讲解员具有专业水准的讲解，再一次感受漆艺的魅力以及它带给我的艺术享受。

在展览厅里，看见了一头牛，摆放在一个面积不大的展厅中央，形象逼人，油光可鉴。看了，其有如鲁迅先生笔下的儒子牛，俯首深耕；又深感到其蕴藏着蓄势迸发的能量，蓬勃向上，似乎展厅里都弥漫着牛气。询问讲解员，这是哪位艺术家的作品。讲解员在告诉我艺术家的名字之后，又笑着说，这是一件 3D 打印出的作品。她进一步说明，这个展厅的展品，都是 3D 打印的作品。为了让观众更直观地了解 3D 打印，展览的组织者把 3D 打印机搬进了展厅。

这番话，撼动了我的心。说起雕塑作品的创作，脑海里就自然地呈现出那样一番场景：一位艺术家面对一堆泥巴，将自己心中的艺术形象通过这些泥巴呈现出来。心追手摹，心手合一，是艺术家的追求，但艺术家又不止于心手合一，而是不断地让心飞扬，让想象力丰富，让手中的泥巴将自己的想象固化。每一个雕塑，都是唯一的，也是不可复制的。

3D 打印，表现的作品在电脑上设计，虽也是心手合一，但这手，是操作电脑之手。通过数字化贮存，最后通过 3D 打印呈现作品。漆艺家最后在作品上上漆，形成漆艺作品。3D 打印技术的发明，让雕塑作品的批量复制更加便捷，艺术作品的唯一性受到挑战：你想要多少个，便可打印出多少个，保证绝不走样。

我问一位艺术家，打印出的作品还能称为艺术品吗？他相当肯定地说，当然算是艺术品了。传统雕塑是创作，3D 打印也是创作，只是创作手法的不同。

科学技术融入艺术创作之中，将来的艺术领域会发生什么样的变化，说实在的，我很期待。

手机维护中的启示

手机时代，几乎是人手一机。电梯里，地铁上……各种公共场所，见到最多的是低头看信息、发微信、玩游戏、看新闻的人。手机还成了“钱袋子”，不用进店，网购商品到家；需要出行，网上购票，不需要到窗口排队。手机，需要经常维护，一段时间不维护，手机的速度就慢，有时甚至“卡”机。维护中，蕴含着些许人生道理。

手机品质决定运行速度，即使是同一款手机，也有代际之分。产品需要升级换代，才能在激烈的竞争中占有市场，人也需要不断地学习，涵养自我，提升自我，使自己的心胸更加博大，更加符合社会的需要，更加受到大众的欢迎。

手机需要经常清理垃圾，一旦不清，垃圾信息占满了，有用的信息就无处可居了。所以，每个人在使用手机时，都须主动下载手机清理软件，定期地把那些没有的信息清除，有些信息保存一定时间后也会自动清除。手机要下载清理软件，人的头脑中是否也要植入这样的“软件”，定期地“对标”，剖析自我，清理心灵上的垃圾，保持心灵的纯洁。头脑垃圾不仅要清，还要收集清理“垃圾”碎片，将它粉碎，腾出空间。

手机要经常降温。手机温度不能过高，温度高了，耗电就会加快，就会影响运行。所以，每台手机都须装降温软件，手机温度升高时，开启软件，自动关闭一些正在运行而又没有用处的软件。手机要降温，人也要降温。这个降温，不仅仅是人体的温度，还有精神的“温度”——头脑不清醒，蛮干冲动，对事物缺乏敏感，是非不分，犯了糊涂。人要经常给自己的头脑降降温，让头脑更清醒，让心灵运行更顺畅。

手机要合理下载软件。手机要运行顺畅，手机质量要好，但是，这只是硬件基础，手机还离不开软件支持。任何容量再强大的手机，也不可能将所有手机软件揽入其中，因此要择其所用。除了手机自带必备的软件之外，用户下载有用的、管用的、好用的软件，满足日常需要或是兴趣需要。人也一样，每个人的头脑如同硬件，关键是要往头脑中植入什么样的“软件”，要植入基本价值观，植入正确的世界观、人生观、价值观，植入社会科学、自然科学知识，在这个基础上，培养每个人的健康的兴趣爱好。

一部手机，握在手中，玩着玩着，有了些联想。

酒茶之趣

一日，数友品茗，品至甚欢，尽享茶之乐、茶之趣。想起了酒，想起了酒趣与茶趣。

酒有酒趣，茶有茶趣，酒之趣不同茶之趣。何趣不同？酒有酒文化，茶有茶文化，文化之差异也。

酒与茶，待客不可或缺之物。曾宿农家，品了茶，饮了酒。茶是农家从自家山地采摘的明前野茶，经过漫漫长冬涵养，吸山间之灵气，吮大地之精华，受阳光雨露之浸润。春时发出的头茬绿芽，以山涧源头活水冲泡，茶未入口却已闻清气飘逸。酒乃自家水田生产的糯米酿造的。冬时，农家炊烟缭绕，蒸笼中谷香盈室，经过红曲的发酵和岁月的尘封，酿出好酒。春至，家家摆起春酒，呼朋唤客，不知不觉中，晕晕沉沉，众宾醉也。

满桌佳肴，可这宴还是酒宴，这席还是酒席，宴席没了酒，便不成宴席。酒，喜饮之，悲饮之，乐饮之，愁饮之，喜乐时饮酒，喝的是喜酒。用酒贺喜，喝到尽兴时，手舞足蹈，百态尽显。悲愁时喝酒，喝的是闷酒，用酒洗愁，以泪洗面，然往往是举杯消愁愁更愁。李白有诗“但使主人能醉客，不知何处是他乡”，吟来，让人感到何等惆怅！还有曹操“对酒当歌，人生几何……何以解忧，唯有杜康”，又是何等感慨！

酒无雅俗之分，人却有素质高低之分，故有“酒肉朋友”一说。酒肉朋友，无心灵之契合，图的是“今朝有酒今朝醉”的畅快。酒可表意，一次酒宴，可以表达友好、释放善意，也可能存在恶意、存在权谋。老友相聚，把酒言欢；新朋相聚，相见恨晚，皆叹“酒逢知己千杯少”。酒有玄机。汉时“鸿门宴”、宋时“杯酒释兵权”，这酒，变得不那么单纯了。一句“话在酒中”，又有谁知道这酒中浓缩着多少语言，可以是满满的言不尽的感激，可以是诉不尽的哀愁埋怨，真是无言胜有言。

君子之交淡如水，茶，便属于淡如水一类。茶，劳力者喜之，劳心者也喜之。劳力者以茶解渴，用茶提神；劳心者于品茶间凝思，让思路敏捷。新朋来时，以茶待客；老友相聚，围炉品茗，交淡甚欢。尽管甚欢，也只是清茶一杯。饮茶间，观窗外之景物，吟诗作画，思如泉涌，这世间，不知有多少佳句在品茗中萌生。

茶有茶礼。在武夷山，品武夷岩茶，观七十二道茶礼，让人观了，陶醉其间。此时，品茶次之，更陶醉在这茶礼中。闻其茶气，观其汤色，可感茶之韵。其韵，有时是用言语难以描述，只得在品中慢慢体会、慢慢感知。

酒生气，茶也生气。酒生豪气，酒生浮气；茶生静气，茶生和气。壮行时，以酒相送，饮的是酒，壮的是胆，期盼的是凯旋再相聚。举杯痛饮，酒会让人处在非醉非醒的“忘我”状态，这种状态，让人直抒胸臆，酒兴助了才兴。诗圣李白，酒后诗意勃发，吟出了多少传世之诗；“张颠”酒后“狂草”；兰序雅集，酒酣之时，王羲之书天下第一行书《兰亭序》，次日再书，却寻不到那种状态。茶让人保持清醒，茶醉人，只是醉的是心。

酒归于阳，茶则属于阴。酒归于动，茶则属于静。酒归于刚，茶则属于柔。酒归于荤，茶则归于素。茶禅一味，茶味即禅味。何谓禅味？禅，静思也！佛教中，酒当戒，茶可饮，酒易让人躁，茶则可洗心。茶之趣，趣在静、柔、雅、素。

酒与茶，皆可养生。酒有补酒，于酒中浸泡些许中草药或是其他食品，每日饮少许，可活血化瘀、活络筋骨，达养生之功效。茶可祛病，“三年茶，七年药”，风寒感冒，头痛脑热，泡一杯陈年老茶饮之，捂被而眠，醒来又是神清气爽。

酒与茶，皆可成为助兴的方式。酒有酒令，茶有茶令，皆是一种闲趣。酒宴时，可闻猜拳声，高亢激昂，输者端酒饮尽，胜者乐也。此酒令之一种形式也。击鼓传花也是酒令之一种。宾客围坐，击鼓者蒙眼击鼓，鼓声响起，花在宾客手中传递，鼓声停时，花在谁手中谁饮酒。而对诗或对联、猜字或猜谜，也是酒令之一形式。

品茗时，两三人聚集一起，煮水烹茶，论长道短，决出品次，尤其是文人更为嗜好。宋时女词人李清照在“酒阑更喜团茶苦”的生活中，独创了一种妙趣横生的茶令。

酒之趣，茶之趣，皆在于趣，趣在于乐。然，茶之趣不同酒之乐，茶之乐不同酒之乐。有人喜酒之趣，有人爱茶之趣，皆为生活之趣乐也。喜之则好，无须分雅俗。

酒可饮，茶可品，须把握度也。过之，伤身伤神。

花

春来了，花开了，花悦人，花艳大地，引得众人观。花开处，笑语出，倩影留，大地因花而美，大地因花而秀，大地因花而显蓬勃之景气。

花有各色，花有各香。色艳，艳得灿烂；色素，素得淡雅。香浓，浓得扑鼻；香淡，淡得清香。

花有花语，花也有表情，可表喜情，可抒愁情，可诉友情，可发悲情。喜时须艳，姹紫嫣红；悲时须素，菊黄菊白。花表情，花也寄情。恋人相爱，送上一朵玫瑰，可打动姑娘的芳心。老友开店，送去一个花篮，祝生意兴隆、财源广进……

花可添雅，花也可增俗。雅俗之差，在于与景相宜，与人相配。花不在多，有时一枝则雅，有时多了反让人觉得俗不可耐。花无雅俗之分，分的是人的雅俗，看的是人的花艺高低、境界品位。

花开旷野，阳光雨露，风拂雨沐。花沾雨露，花更娇滴。风拂时，花更摇曳多姿。

观花生美好。花孕育果实，今日满树繁花，明日果挂树梢。对于观花者来说，欣赏的是花，在意的是花；对于果农来说，在意的是果。可是如今，聪明的果农把果园办成了观光园，花开时赏花，果熟时赏果，果园也更富有文化了。

到山野看花，花随节气开，自开自谢。在花园赏花，反季节花开，过去觉得稀罕，如今却司空见惯。

人皆喜花，人更护花，好花众人赏，不可因好花美就去摘花，既摧残了花，也损害了花德。

想起诗句："化作春泥更护花"，花谢去，化作春泥，不见花影，不吐花香。花虽凋零去，也羡花奉献。

生活在一个有花的世界里，真好。

那根攥住风筝的线

若想欣赏它在空中翱翔的优美
就放开手中的那根线
给它足够的长度

不想让空中的风飘得无影无踪
就不要埋怨系的那根线
让你有些不自如

春日周末黄昏，夕阳斜照在公园青青的草地上，草地染成了金色。一位孩童手攥着风筝的线，愉悦地奔跑着。他仰着头，看着在蓝天翱翔的那叶风筝，欣喜地为那叶风筝呼喊："飞啊飞，飞高高。"孩子的后边，跟着一位长者，应该是孩子的爷爷，老人脸上写着幸福，不时地向着孩子喊着："慢些，别摔倒。"可以看出，老人尽享着天伦之乐。

我仰着头，望着蓝天中的那叶风筝。带着色彩的风筝，在微风中，飞得很自在、很从容。小时候，也在山野田园中放过风筝，攥着风筝奔跑，至今想来，还宛如昨日。我突然意识到，孩子在放风筝，爷爷也在放风筝，孩子是老人手中无形的“风筝”，孩子为风筝的放飞而乐，爷爷为孙儿的快乐成长而乐。

手中攥着风筝的线是快乐的。有了这根线，心便有了寄托，便有了期盼，也会有很多的忧愁。这愁是喜愁。眼紧紧盯着那叶风筝，时而关心风向，时而担心风速，时而将手中的那根线放松些，时而又将他收紧些。放与收之间，总是希望这叶风筝飞得顺当、飞得从容。

被人攥住的风筝也是幸福的。风筝之所以称为风筝，在于有那根线。有了线，说明有人惦记，有归宿，在生活中，有人提醒，有人商量。有人惦记的日子是甜蜜的。

生活中，风筝与攥风筝的人会产生矛盾、产生冲突，有些“少年狂”总想挣脱那根线，摆脱线的束缚，在蓝天中不受任何约束地“单飞”。可有一天，当他真的“单飞”了，才感到，那样的孤寂，那样的无助。

攥住风筝的那根线，是一件不容易的事，不是仅凭爱就能做到的，不是所以的良苦用心都能见效的。需要将爱浸润其间的方法，需要对路的良苦用心，需要把握好风筝的“势”，把握好收放的度、收放的时。收放之力，需要进行充分的沟通，达到心灵的契合。

高明的攥线者，要能够让风筝感觉到自由放飞、不受束缚、没有拘束，但在紧要时，又能够发挥线的作用，让风筝感受到线的存在。聪明的风筝，从来不嫌弃那根线的存在，因为，那根线牵的是爱，是愁，是智慧。

今天，你是一叶风筝，明天，你又成为攥住风筝的那个人，或集二者为一身，周而复始，反复进行。也许，这就是血脉的延续，连结一切的，是那根线。

清晨那段时光

清晨，是我最爱的一段时光。那段时光，属于自己，可以自由支配、尽情享受。

天色尚未放明，绝大多数人还在酣睡之中。这样的时光，没有人干扰，没有人挂来电话、发来微信。而你，即使有许多工作需要布置，有许多想法想与朋友倾吐，也要等到清晨七点之后，否则，人家就要有怨言了。这段时光，独自静静地坐在案头，或是翻开一部文学作品，思绪随着书的情节走，或正翻开《论语》《道德经》……这样的国学经典，读上一则，感到其中的深邃，顿觉先贤的睿智。知道了文字的力量。生命有周期，在生命周期内绽放出的思想光芒不会随生命周期的结束而告终，它会通过文字来延续，通过文字来传承。也可以拿出毛毡，铺于桌上，展开宣纸，行走于王羲之的《兰亭序》《圣教序》，及王宠的小楷之间，感受线条的灵动与优美、情感的宣泄，体会中国文字的精妙与魅力。还可以让自己的思路流淌于键盘之上，敲击出一段段文字、一篇篇文章，我将它形容为清晨的“采撷”。

夜为阴，日为阳，清晨，夜色将要褪去，案桌边上的那扇窗子，由暗而明，洒水车发出的音乐让城市由寂而动。我以为，一天的开启有两个起点，一个是以时间起点，过了半夜十二时，便开启了新的一天，还有一种以太阳升起为起点，阳光将我们带入了新的一天。晨起时，打个哈欠，伸个懒腰，说声："咳，新一天又来了。"多少次，不经意地走向凉台，透过城市森林式的高楼，发现天际如此灿烂斑斓，以至于情不自禁地奔向楼顶，仰望天际，去享受这样的美丽。吃罢早饭，带着清晨这段时光的收获走向户外，与同事相见，与朋友相聚，愉快工作，心充盈着满满的幸福。晨就是这样由静而动，由黑而白，不寂寞。

至今没有想明白，鸟儿为什么会那样的守时，总会在立春之后如期来到小区，又在夏季来临时飞离。我就是在这"不觉晓"的春困中，被清脆悦耳的鸟鸣声唤醒。我会在床上，好好地躺上一阵，听一听鸟儿的鸣叫声。它时高时低，温柔轻妙，相互逗趣，好似美妙的乐曲。有一日，天色微明，我下楼去寻找鸟儿的踪迹，只见鸟儿从这枝头跳到那枝头，叽叽喳喳，好不热闹。我视鸟儿的声音为报春，视为春天清晨的背景音乐。

到了异地，习惯披着晨曦，或是步行，或是骑上一辆共享单车，领略一个城市的风貌，留下这座城市的印象。今年夏天，去了北戴河，看到了太阳从海上跃出的那一刻，朝霞映红了天边。初秋时节，又去了成都，去了水井坊街酒窑遗址，走进了老宅。沿着锦江，登临望江楼，晨的阳光装点景色，带着金色。

享受清晨的那段时光，思绪自由而愉悦地飞翔着……

何必修剪

村委会就在村口，前面有一条小溪，水流潺潺，溪底的鹅卵石清澈可见。几块溪石，或圆润，或峻峭地随意卧在溪中央。水击溪石，浪花溅起，或湍或缓。溪岸边，芦花在微风中轻摇。望此景，想到了王维笔下的田园景色，感受到陶渊明笔下“采菊东篱下”的悠然。

三角梅怒放着，从墙面一直爬到紧挨墙角的一株老树上，老树披上了盛妆，姹紫嫣红，一派喜色。这嫣红，艳得如火，艳得奔放，艳得让整个村口都添了活力。

这番景色，它不似公园，精雕细剪，一切井然有致。乡村的美与公园的美，美美与共，但又各有风姿、各有味道。

我很喜欢我眼前的这番景致，也很佩服村里的人。他们很好地把握了村的精髓、村的韵味，没有像打造公园一样打造村落，而是不加雕饰、顺应自然：溪水自由自在地流着，芦花任意地飘着，溪中的石块自然地摆放着，湿地里的鸟儿时飞时落，一切都看似随意，但在随意中却表现出自然美，甚至是荒芜美、野性美。这种美，正是我想寻找的村落的感觉。

静静欣赏村口这番景色，陶醉其中。龚自珍《病梅馆记》中，人们把每一株梅都修剪得像病梅似的，给人一种病态美。而眼前的这条小溪、这株三角梅，同样展示出美。它让我明白：不加修剪，任其枯荣，不也是养护的一种方法吗？

想想，何必修剪。

心不老，人亦不老

年纪大了，心总有点惆怅，总感叹时光走得太快了。刚刚是一周的开始，不知不觉就过去了；刚刚过完春节，转眼间又快到了五一，觉得半年光景又要流去了。心里总在问自己，少年时，为什么总觉得时间过得太慢、太长了，每天都是对时间的期盼，盼了春节，盼寒暑假。想着想着，看到那些天真可爱的孩子，嘀咕着：他们慢慢长大，我们慢慢变老，那该多好啊！

孩提时光，总觉得时间走得太慢。年少时，人生的路刚刚起步，前行的路还有很长，走过了少年，还有青年，还有成年，才进入老年。想着春节，可以拿到压岁钱。想着寒暑假，可以与伙伴们在原野里放风筝、捉迷藏。那时，心中有太多梦想、太多期盼，想着上大学，想找个工作。总想让时光走得更快些，人生的脚步也迈得更快些。

人生路越走越长，也越走越远，走过了青年，迈过了成人，渐渐地心中对时光有了眷念，才发现步履有些过于匆匆，时光原来是这样易逝，人生原来这样易老。

因何感叹？有一个字不知不觉地烙在了脑海中。这个字便是“老”字，这个字开始伴随左右。开始了在“老”字影子下生活，获得了一系列与“老”有关的称号，这些称号听多了，心也有些慌了。一个“老”字，惜时的心理油然而生，总想让时光走得慢些。

少年与老年的区别，还在于少年踌躇满怀，但还如一张白纸，需要去描绘自己的人生，需要去拼搏，去创造自己的未来。人老时，这张图画已经画就，更多的在这张人生图画中去回忆。期待的日子觉得漫长，而回首的日子却是飞快。与儿时的同伴忆起童年时光，一言一语，言犹在耳，一事一景，历历在目，回忆的日子总是飞快。

一位同事退休，写了一句“人生六十刚起步，莫言老，从头越”赠予。想想，也确实如此。什么是退休？这只是意味着从工作岗位退出，而人生之路还有很长很长，还有大好时光可以期待。莫生活在“老”字的影子下，莫用“老”字思维，不是岁月催人老，而是观念催人老，你自己认为老之将至，那真的“老”了。有人感叹“夕阳无限好，只是近黄昏”，有人言道“夕阳无限好，何须惆怅近黄昏”，而我却言“六十不是近黄昏，莫言老，从头越”。

烛 光

昨夜的一睡，算是睡了两年。睡得很沉，还做了梦。晨时，天色尚未启明，依旧如往日随窗外清脆的鸟鸣声音起床。取下墙上的 2019 年挂历，换上一本 2020 年的。两本的样式一样，红红的底上一个大大的金色福字。这算是一个传承吧！一个心愿的传承，期盼新一年的幸福。

有的人喜欢伴着新年晚会跨年。到了 2019 年最后的几秒钟，随着主持人倒数计时，听新年钟声敲响的那一刻。有的人喜欢走出户外跨年。登上夜游的船舶，伫立江边，欣赏着江畔的灯光秀，江水被灯光渲染得五光十色，听着潺潺而流的江水声，几多浪漫。有的人喜欢找一处酒吧，烛光映照，与自己心仪的人相对而望，手中的那杯红酒，只是一种道具。这样的跨年，充满浪漫格调。之后，便是带着跨年的愉悦睡上一个美美的觉。人们参加跨年的活动，实际上是参加跨年的仪式，既是告别，也是迎接。

我更喜欢在睡梦中跨年。睡梦没有喧嚣，让梦遨游，让梦放飞，一梦醒来，进入了新的一年。黎明即起，这是生活习惯，不想因年份的更替、时光的交替而改变。况且，周而复始，本是自然现象。人生易老天难老，岁月总是这样周而复始悠悠地转着。而在这悠悠转着的岁月中，有多少人问世，有多少人长大，又有多少人老去，有多少人与这世界说一声再见。年纪大了，才渐渐体会到真是岁月催人老啊！心总是有些感伤。

关掉书房的灯，在案头上点一支蜡烛，独坐于案前，发呆似的望着忽闪忽闪的烛火，窗外的鸟鸣声不时地侵入耳际，如甘甜的泉水沁入心怀，心甜甜的。

漆黑中闪动的火苗，富有诗意，也很浪漫。这火，很弱。烛光的可爱也正于此，虽是火，但从没有想到要它以微弱示人，从来没有考虑将自己变成熊熊烈火。“小山重叠金明灭”，花间词的开山鼻祖温庭筠的词句，当时读来，就觉得好美，美在晨曦的阳光把屏风上的小山照得忽明忽暗的影像。这种影像，婉约柔媚。这种影像，有着“犹抱琵琶半遮面”的朦胧之美。朦胧美，恰到好处，把握了一种美的度，总有一种欲看真容而不得的焦虑感。案上的烛光，把书房映得忽明忽暗，一片宁静。

曾经见过一些地方，用灯替代了烛光。见了，心总不是滋味。少了忽明忽暗，就少了烛光的韵、烛光的神。

于忽明忽暗的烛光中回眸，回忆总是温馨的。走过的路，经历的事，其实就是这种状态，没有轰轰烈烈，没有波澜壮阔，没有惊涛骇浪，也没有到心如止水，乃至于心灰意冷。生活总是在忽明忽暗行走，一会儿好似充满希望，一会儿又好似看到失望。充满希望时让人高兴，看到失望时心里沮丧。

于忽明忽暗中遐想，遐想总是浪漫的、富有诗意的。如果问我对新一年的期盼，我最想回答的是平淡、平安。平平淡淡才是真，平平安安才是福。

过日子，就如这烛光，虽不耀眼但浪漫。

学会听别人讲话

小时候，父母经常告诫，大人讲话，小孩不要插嘴，静静地听。到了年龄渐长，妻子经常提醒，让别人把话说完，学会听别人讲话。仔细琢磨，妻子的提醒很有道理。

学会听别人讲话，不难，但又很难。说不难，别人说话时，不烦不躁，耐心倾听，这真不是难做到的事。说难，因为你可以找出许多打断人讲话的理由：一是阅历使然。年龄与阅历共增长，经历多了，视野宽了，人生积淀丰厚了。在交谈中，别人说的话，或者想表达的意思自认为已经明白，就随意插嘴、任意打断。二是资格使然。一些上了年纪，尤其是事业有成的人，常以没时间为借口，没闲工夫听你“瞎掰”，别人讲话时总显露出不耐烦。即使是闲时与朋友聊天，也总是想成为聊天的“主角”，让别人成为听众，喜欢别人听他侃侃而谈、高谈阔论，享受别人听他讲话的那种“快乐”。

学会听别人讲话，其实是一种享受、一种快乐。交流、聊天，是互动的。耐心地听别人讲话，是交流的需要、互动的使然、收获思想的方法。有许多次，仔细琢磨被我打断的发言者说的话、表达的意见，发现我并没有听懂他的话，明白他要表达的意思。学会听别人讲话，也是社交的需要。耐心听别人的讲话，体现出的是对人的尊重，表现出你的谦逊礼貌。你尊重了别人，别人就会尊重你，愿意与你成为朋友。我们常讨论代沟问题，代沟之所以产生，源于交流的缺失，反想着把自己的思想观点灌输于人而倾听他人不够。我们又常说，这世界是属于年轻人的。年轻人思想活跃，想象力丰富，更具时代印迹，与年轻人聊天，听年轻人说话，可以让我们思想永葆青春活力。

学会听别人说话，是一辈子要做好的功课，也是一辈子的收益。

吟咏春天

已亥岁末，庚子岁初，新冠突发，来势凶猛，举国抗疫。居家中，望窗外细雨绵绵，看远山云雾缭绕。可以外出了，漫步公园桃红柳绿，观湖览色春水微波。晨听潜窗鸟语，夜偶有电闪雷鸣。人常言，春光明媚，春意盎然，春色满园。我却以为，春光不止于明媚，春意不止于盎然，春色不止于满园。春，由冬而来，从寒冷而渐于温暖，由沉寂而苏醒而喧闹。春之景象，乃一岁中最丰富、最多姿的。春雷是惊雷，唤醒万物。但雷鸣让人心悸，电闪划出的夜照白让人心惊。春雨是润雨，滋润大地，但春天烟雨濛濛、细雨绵绵。春雨虽是喜雨，然也是寒雨，雨带着湿，有时比冬天更冻人。初春的风可以拂得桃红柳绿，但还是透着寒意，人形容为春寒料峭。春天云雾弥漫，烟笼远树，缭绕群山，春雾遮望眼，让人看了心生几许愁感。诗人的笔下，春愁一直是吟咏的题材。春就是这样，从冬走来，向夏走去。

我歌唱春天，我不止于歌唱春光、春意、春色，更在于歌唱这个季节。这个季节，是复苏的季节，是希望的季节。

这个景象，是复苏的景象，希望的景象。这个季节，我充满想象，放飞梦想。这个季节，纵有困难，心总在那样淡定。因为春天，人怀揣的是希望，拥抱的是美好。

吟咏春天，吟咏复苏，吟咏希望。

观兰语

吾爱兰，犹爱野兰。其生于山涧沟壑之中、丛草之间，与野草相伴，与清泉为伍。一片绿野中，素色兰花静静地开在其中，毫无哗众取宠之意，更无争艳夺目之势，然却给旷野带来清香。喜其气而不在其姿，喜其素而不在其艳。

吾喜兰。有友画兰，欲请其为吾抄录的古人兰花律诗添几笔兰花。本以为只是几笔，然看似简单，却最见功力。落笔之前，需研好墨。笔沾墨与水，一落纸，既不可半点迟滞，又在浓淡之间，表现出兰的韵致。虽了了数笔，却让人闻到满纸兰香。

这正应了人们常说的，越简单的却越见功力。

常听人说，蕙兰，本以为是一个词。后听朋友言，方知，蕙是蕙，兰是兰，一枝开出几束花谓之蕙，一枝只有一个花瓣的称之兰，蕙香不及兰香。蕙与兰近，韵也相同，但蕙兰有别，不可混同。

朋友喜兰，辟了一处兰花苑，苑中品种数不胜数，她却可以如数家珍、一一道来。闲暇时没身于兰苑，精心饲弄，以为乐趣。兰花虽是素花，但这花开得安静，开得素淡，开得雅致，开出格调，开得没有一点火气、躁气，开得没有一点炫耀，没有一丁点哗宠取众。这大概是许多文人墨客喜兰的缘故。兰花气与文人气，性相通，气相近，韵相同。就是在不开花时，兰叶亦足以让人驻足观赏。兰叶细长、没有一片叶长相同，有着美女子的窈窕和万般妩媚，有着一个芭蕾舞者那样的灵动生气。特别是晨时兰叶沾着露水时，或是闲暇时盛上一杯清水，往兰叶的高处徐徐淋下时，兰叶留下的水珠，晶莹透澈，让人心生怜爱。

静静观兰，观她的柔美、她的涵蓄、她的气质、她的格调。

一直以为，文人喜兰。最近，去了乡间，一走进农家，兰香味就扑鼻而来。细察，大院客厅前的天井的石架上种植的数盆兰花。农人道：天井最适合兰花生长，上承天露，下接地气，阴阳相适。数盆兰花，植于厅前，时时观赏，也添了院落的韵致。观农家中的兰花，想到“耕读”。其实，兰本出于山涧沟壑，与乡间农舍最近，与乡人气质最搭。耕读传家，耕与读最近。有时我在想，书卷气不是书斋气，山野之气、乡间之气滋养着书卷气，弥漫着书卷气。

兰从乡间来，乡间有兰香。

时光，熬出来什么

一日，与外地朋友聚会，上了一道佛跳墙，朋友尝后，赞不绝口，直夸味美。朋友说道："这道菜，不仅讲究食材，而且用了两天的光景慢火熬出来的。"这味，是时光熬出的味道。

时光熬出的味道还有很多很多，酒，便是其中之一。曾经看过农家酿酒，短的一个月便可出酒，可那味有些呛口。农家一般将酿出的酒封存，让它在时光中发酵，经历一年甚至数年，酒成为老酒，这时打开尘封的泥土，味香溢人。还有白茶，初制时只是微微发酵，让茶在岁月中自然发酵，老白茶便有了三年茶、七年宝之誉。

时光可以对物产生变化，那么，时光可以对人有什么影响呢？我们学习、工作、感悟，我们的成长经历，都随时光而丰富。

一个新生事物刚刚出现，人们议论纷纷，总觉得这事怎么能这样。因为，刚开始人们有许多不习惯。随着时光的推移，人们慢慢地对新事物适应了，也看到了它的益处，渐渐觉得这事本来就应当如此啊。在时光中，共同面对一个事物时，人们形成了共识。时间本身就是解决争议的一种方式。

孔子有言：“吾十有五而志于学，三十而立，四十而不惑，五十而知天命，六十而耳顺，七十而从心所欲，不逾矩。”从志于学到心所欲，五十五年光阴，每个阶段都值得珍惜。但这也说明，时光无时无刻不在改变着人，让人从筹躇满怀变得从心所欲。这是人生在不同时期的味道。这种味道，不可倒置，倒置了，人生就会变味了。

时光中，我们努力着，奔跑着，但又在等待着，我们用努力的态度去等待。我们知道，再努力，时光还是不可违啊！一个农民，从播下种子就开始等待，在伺候中等待。一个垂钓者，把放上鱼饵的线抛入江中时，便开始注目等待，等待鱼线的晃动，等待鱼儿咬钩。有人说，性急的人不可以垂钓。也有人说，正因为性急，所以垂钓。其实，许多时光，我们都在等待，等待着一个个机遇。但是，这个等待，不是无所作为，不是消极被动，而是“时刻准备着”的等待。当机遇来临，不为“无准备”，不为年华虚度而悲叹。

时光还是化解矛盾的药方。人与人之间会有矛盾，会有争吵，但没有化不开的矛盾、解不开的结。时光可以化开矛盾，可以解开心结。因为，矛盾犹如一把枷锁，这世间，没有人愿意戴着枷锁生活。时光可以释放善意，淡化怨气，包容可以推动彼此的沟通。

时光，本身就是一个生活。在你的生活中，把时光熬成美好，便好了。

人生的味道，其实便是时光熬出的味道。

寂寞之墨不寂寞

——观“寂寞之墨：陈云写生画展”有感

上元时节，榕城无处不花灯。在福州画院，正在举办“寂寞之墨——陈云写生画展”。这画展虽与花灯无关，却是元宵节的一道文化大餐，让人看了，也感到“灯火阑珊”的那种亮丽。

走进展厅，六十幅山水写生作品呈现于我的眼前。我静静地观赏着，细细地品味每幅作品的意境。写生是画家发现自然之美、理解自然之美的过程，写生作品既是画家对自然之美的记录，又是画家心灵对自然之美的感悟和情感的流淌。有人说，外行看热闹，内行看门道。倘若怀揣看热闹的心理欣赏这些作品，你可能会觉得它们单调，没有其他画展上呈现的作品色彩斑斓。但是，你怀揣着看门道的心理欣赏这些作品，会感到这些看似单调的黑白作品，每一幅作品都不单调，都是那样富有变化，这种变化可能是细微的，然而它的味道，就在这细微的品位之中。细细地品过这些写生作品，我回味着展名，觉得意味深长。这六十幅作品，是陈云先生以甘于寂寞之心，醉心于自然后的沉淀。这是陈云先生以单调的“墨”构勒出丰富的山水人文，无彩胜有彩，无色胜有色，黑墨中有万千色调，作品倾注着作者的思想与情感。画展给我的总体感觉是：寂寞之墨不寂寞。正如齐白石所言：“书画乃寂寞之道，以其寂寞，故可以远乎尘世所染而常保赤子之心，以其真性情入画。”

文艺必须深入生活，艺术源于生活，高于生活。写生是画家深入生活的途径之一。庄子说过：“天地有大美而不言，万物有成理而不说。”天地是大美之所在，天地山川无所不美。画家反映美，揭示美，就应当用自己的眼睛去发现美，用自己的心灵去感悟美，用自己的笔墨去记录美。陈云先生的这些写生之作，是他四年间走进自然，感悟自然，描绘自然之所得。通过这些写生作品，可以看出他写生地点之多、地域之广，而且都是远离城市、交通不便。正如深巷里的酒香一样，美景也藏于深山之中，要真正采撷到美景，揽美景于画中，就必须舍得付出，肯吃苦，迈开腿，深入山中，融入自然。陈云先生愿意吃这样的苦，受这样的累，源于他对写生与创作之间关系的正确认识。在展厅里，同时展示了他对写生的感言。感言不长，阅后深有感触。一是写生是深入生活之途径、积累素材之必须。通过写生，以达到目识心记、求得心源，其目的是心中自有丘壑，以心中融化升华后的丘壑创作山水画，符合中国画强调的主观意识与写意性，更能表达画家内心世界。二是写生的过程应当是创作的过程，是自我主观意识的发挥。他说：“写生要懂得去其冗杂，补其不足，得其内美的取舍关系。使写生作品浓缩自然物象的精华，更具集中典型性。”，从这个角度看，这些写生作品，既是陈云先生坚持“中得心源”“意在笔先”“步步生发”的中国画基本创作原则，也是他在对自然界认识的基础上进行的再创作。

欣赏陈云先生的写生作品，你会发现这六十幅作品展现出了气象万千、变化莫测的意象，然而表现出这种意象的只有黑色和白色两种色调。白色是纸的本色。而陈云先生将墨色演绎出如此丰富的层次。正如唐代张彦远在《历代名画记》中所言：“草木敷荣，不待丹碌之采；云雪飘飏，不待铅粉而白；山不待空青而翠；凤不待五色而綷。是故运墨而五色具，谓之得意。意在五色，则物象乖矣。”作者不用绿色，却让人体会到山的葱郁；不用青色，却让人体会到了山的嶙峋；不用红色，却让人体会到阳光的明媚。之所以能达到如此高的境界是源于画家采用积墨法、焦墨法和简笔写意法等中国画的高难度技法创作的。他展示给我们的是另一道风景，给人以介于“似”与“不似”之间的感受。觉得这些风景似曾相识，但又总觉得它未曾见过，有新鲜感。之所以有这种感觉，在于画家将功夫下在墨色上，演绎出了墨色的层次感、多样性，让单调的墨色变得富有神韵，变得色彩斑斓。欣赏这些写生作品，感佩于陈云先生的坚持与创新。这些年来，他坚持在以积墨法、焦墨法和简笔写意法创作中国画，积累了许多创作经验，并且在理论研究上也颇有建树。可贵的是，陈云先生将这一创作手法用于写生之中。用这一手法去写生，需要比一般的写生付出更多的努力。使用积墨法，需要反复皴点渲染，笔墨层层叠加，使作品富有层次感与厚重感。使用焦墨法，在不使用水的情况下，渴笔作画，“干裂秋风，润含春雨”，使作品富有滋润感和层次感。简笔写意法，以意取胜，惜墨如金，不妄生多余笔墨，笔简意不减，笔简内容层次不减，以达到笔简意繁，而意犹未尽、意味绵长。

齐白石认为：“作画妙在似与不似之间，太似为媚俗，不似为欺世。”“古人作画，不似之似，天趣自然，因曰神品。”欣赏陈云先生的写生作品，我认为其作品不停留于对自然物象的真实再现，而是体现作者的思想情感与山水融合后升华的过程，是将自然之景经过心的体会成为手中之景的过程，是一种创造。

写生是寂寞的，创作的过程是寂寞的，陈云先生的作品却不寂寞，它给人们以美的愉悦、美的享受。

小 楷

我写小楷，如见山涧清泉从岩隙间涌出，形成涓涓细流，蜿蜒在荒山野沟，水流和缓，声很安静，没有气势磅礴，但让人在细微处体察到顽强，让人的心间泛起一种甜味，很想很想俯下身子，将双手形成一个碗状，去掬起一泓清水，让水滋润心田。大山中，有千千万万的沟壑，如同人体中的毛细血管，有了它，才有溪，才有江，才有河，才能百川归海。涓涓细流，让大山有了灵气和秀气。小楷，是从字的大小来说的，小有小的味道，写小楷，体会的就这味道。

我写小楷，如在聆听一道轻音乐，曲子很和缓，但又很灵动、很安静。轻音乐，不是一味的低缓。一味低缓，会给人一种沉寂甚至于死寂的感觉。紧要处，有一个强音符，恰恰有一种“抽刀断水水更流”的效果，有了这种音符，产生出更加静谧的效果。书法以线条表现。小楷线条的表现不能因为细小而走入沉寂甚至是死寂。小楷，在线条表现上，也需要体现灵动。有时候，我觉得看也是听，听也是看。我读黄道周的《榕颂》帖，既是楷书，又透着隶书笔意，给人以

“遒美”之感。读帖时如在听一曲轻轻的音乐。有这么一句话，建筑是凝固的音乐。是不是可以说，书法也是凝固的音乐。

我写小楷，如同在写一首抒情的自由诗。抒情诗，很细腻，是心间情感的流淌。我想，这大概是书法与印刷体之间的区别吧，印刷体的线条是没有情感的，而书法的线条则是情感的表达。如林觉民的《与妻书》，将满腹情感通过线条表达出来。书法创作是一个书写的过程，但书写不等同于创作。创作是带着情感的，而书写缺少的正是这种情感。创作者，要认真把握书写内容，理解书写作品中的情感，让心手随情感流淌。

以山涧溪流的心境，以聆听轻音乐的心境，以创作一首抒情诗的心境去读帖、临帖，去创作小楷作品。

心追手摹

学书者，心追手摹，然真正践行这四字，却不易。

心追手摹，当有追之心。书法有法，书法有道，学书者，遵法循道，要有追之心，无心，枉谈追。中国书法，绵延数千年，源远流长，根深叶繁。学书，要有溯源之心。在书法长河中，前人树了一座又一座高峰，立了一座又一座丰碑。学书者舍其源，丢其脉，写出的字将是无源之水、无根之本。从书法来说，不溯其源，不遵其道，枉谈书法创新。追之心是以尊崇之心为基础，尊了，才有虔诚，才会悦服，才会敬畏。

追，当有追之法。追的过程，是寻高古的过程，是与先贤心灵对话的过程。古之碑帖，就其文字来说，短的只有几十字，长的也不过上千，然皆有让人追了一辈子仍追不够的感觉。有人感叹，学书者，终身与碑帖为伴。追，要有追的目标。这好似爱情一般，不是空泛的，而是具体的，有心仪之人、心上之人。学书也一样，在茫茫碑帖中去寻觅自己心爱之帖。所谓心爱，是心灵相通。在书法的长河中，碑帖繁多，各领风骚，风格迥异，学书者，要择其喜爱者细细品之，读之，追之。追要持之以恒，不朝三暮四、朝帖夕换。

有些人，今日喜这帖，明日爱那帖，纵是在帖上下了功夫，但是写出的字却让人寻不到脉，找不到根。追需要用心，去寻找它的可爱之处。古帖是经过历史沉淀出的精品。追，不能只喜其表、追其形，更要爱其里、喜其神、悟其韵。倘若只喜其表，则肤浅；而喜其神，则内涵丰富。追，要追在细处。书法作为一门艺术，格调的高雅与否，往往也是通过细节表现出来的。任何艺术，讲究的都是精致，即使是草书，看似张狂，但也有精致。当然，在专心研习一帖的同时，也要众览它帖，博采众长，融会贯通。

心追是内化的过程，手摹是外化的过程。先有心追，后有手摹。心追有多远，手摹才有多远。心追与手摹，有时会有手不随心的感觉，会让学书者困惑。因此，在心追的同时，须不耽于手摹。

手摹，就是动手。只心追，不手摹，有如坐而论道，也有如清谈。书法是书写的艺术，只有通过手摹，不断地体会，才能将心追外化。学书者，应当将手摹作为日课，在手摹中，展其形，现其神，表其韵。心追手摹的最高形式，在于内化之化、外化之化，化出自己的艺术风格。这化，是传承中的创新。

心追手摹，其实说的是内化于心、外化于形的事。学书如此，其他事何尝不也如此。

最难临帖

练了几十载的书法，写了一些作品，请有造诣的书家评点。其在肯定的同时，非常善意地提醒，多临临帖。听到这提醒，心里很明白，临帖的功夫还下得不够，作品的源还不够清晰，脉也不够清楚，韵味也不够纯正。

习书从帖始。记得小时候父亲拿着一本柳公权的《神策军碑》告诉我，好好临吧。之后，又是描红，又是意临，从此之后，临帖没有断过。可还是没有走进书帖的世界，掌握帖的精髓，把握帖的要义，理解帖的韵味。有时候，坐在案头，望着一本只有几页厚的书帖，甚至只有一页十余字的书帖感叹，在书的世界，最难读的是书帖。读书，文字承载内容，意不在字而在其内容；而书帖，读的是字的本身，意在字而不在内容，理解的是书帖的风格。

临帖的过程，是一个寻高古的过程。书法，不学则已，要学，临帖是一道绕不过的弯、越不过的坎。几千年的历史长河，造就了书法的辉煌，已经筑起了书法的巅峰，为书法艺术开凿了源头活水。经过历史沉淀流传至今的书帖，是前人留给我们巨大的财富，是物质的也是精神的。前人的碑帖是阶梯，是肩膀，只有老老实实地站在阶梯上，虔诚地站在前人的肩膀上，我们才可能有所收获。经常听人说，只有走进去了，才可能走出来。临帖就是走进去，走进去为自己的书法培根寻源。不临帖，写出的书法无源，就如浮萍，走不远，难以汇入书法的源流。

面对同一本书帖，不同人临习，效果却大相径庭。现实中，存在着心不诚，看似走进去了，但其实还在门外的现象。有人对前人书帖不存敬畏之心，读起帖来，有一种“不过如此”的感觉。有人心不定，对书帖朝三暮四、游离不定，今天选这帖，明天读那帖，后天又另觅它帖，这样临之，难得其源，难寻其脉。即使是真走进去了，也有忌。一忌欲速则不达。一天临那个十多个字，字是临了，然粗练十字不如精练一字，每天练好一字，聚沙成塔，积少成多，触类旁通，看似慢了，其实是练书法的好方法。二忌三天打鱼、两天晒网。兴致高时，狂练一番，恨不得将书帖临尽；兴致低时，笔墨不沾，书帖不碰。临帖应是日课，常书不停，临帖不止，就是那些很有造诣的大家也视临帖为基本功，创作前，总要临上一番帖，作为创作的“热身”。三忌不精。习惯于看个大概，临个大概。临帖即要从大处着手，掌握这帖的特点，包括用笔、用墨、章法结构，更要从细处入手，细到每个字、每一划的用笔的变化、墨韵的变化。四忌不善比较。在一幅作品中，难免会有相同的字，通过比较，看看古人是如何处理这些字，使之不因雷同而呆滞。天下第一行书《兰亭序》，有人数了一下有二十个“之”字，但却字字不同，给人灵动之感。临帖，既要一个个临，也要比较着临，不只是临其字，也要了解这字的处理与其他字的搭配，避免就一个字来说是到位的，可是从章法布局来说却让人感受不到整体美。

正如“功夫在诗外一般”，临帖者的功夫也要下在帖外。任何字帖，都是在特定的环境中“写”出来的，之所以用“写”而不是“创作”，在于书法是古人的书写工具，书家在写他的时候，脑海中并没有创作这一动机。《兰亭序》只是举办兰亭雅集时，王羲之即兴写下大家共同创作的序。《祭侄文稿》是颜真卿痛失亲人后写下的一篇祭文。王羲之的十七帖可以说是即兴写下的便条。有人说，书法是一门含着情感的艺术，这种情感，就是书写者当时特定的心情在章法字体间的体现。临帖要追求神似，必须去了解书者当时的创作背景，体会他当时的心情，而将这种心情融会于临帖之中。正如大自然是文学创作的源泉一般，书法的风格形成也源于大自然。张怀瓘《书议》中写道：“夫草木各务生气、不自埋没，况禽兽乎？况人伦乎？猛兽鸷鸟，神采各异，书道法此。”临帖者，不能满足在独居小屋，成对书帖，一遍又一遍地临，也要走出书斋，在大自然中体会书帖、感受书帖。

临帖之难，难在书法这门艺术的特殊性。临习书帖，临的不只是字，而是浸透于字中的气韵，表现出的书家风格。我以为，临帖之难，难在掌握其气韵，体现出风格。

临帖，先追其形似，而后追其神似。达神似者，方虑走出书帖。走出书帖，又必须时时观照书帖，“常回家看看”，在不断的“回家”中，固其根，守其脉。

我行我素　行畅兰香

——写在大兴先生书画作品开展之际

与大兴先生品茶闲聊，无意间说到，福州画院邀请他办个个展，大兴先生琢磨再三，想取展名为“我行我素”。我行我素，此语出西汉戴圣《礼记·中庸》：“君子素其位而行，不愿乎其外。素富贵行乎富贵，素贫贱行乎贫贱，素夷狄行乎夷狄，素患难行乎患难，君子无入而不自得焉。”它的释义是指不受外界影响，按自己向来的行事方式去做。在人们的理解中，这语常用在评价一个人做事不善听取他人意见，一意孤行，颇具批评之意。

我有些愕然，大兴先生详解道：这里的“行”，是书法诸体中的行书，“我行”即我的行书；这里的“素”，是兰花的代称，“我素”即我的兰花。在兰这一大家族中，许多兰都以“素兰”取名。一个“素”字，深刻地表现出兰花的品质气韵。兰花花影高洁淡雅，气韵清香幽远，自古以来，文人墨客爱兰咏兰，留下的许多佳篇。兰是文人精神情怀之寄托。一番解释，顿感这展名取得好，取得巧，先生巧用一个看似贬意的词，出了新意，揭示了个展的特点。

艺术创新还真需要我行我素。在艺术之路上，创作者都面临处理“入道”与“出道”的关系。没有不入道的出道，因不能固守入道而出不了道。艺术，要师有传承，有宗有门。艺术，还需要在师承的基础上，在夯实艺术功底上的创新，逐渐形成自己的艺术风格，这样，艺术生命力才可能长久。大兴先生的我行我素，是在遵循艺术规律的同时，怀我行我素之胆识，在我行我素的创新中渐成自己的艺术风格，走出一条有自己特色的艺术之路。艺术越是属于自己的，才越是属于大众的，才越能激起大众的欣赏兴趣。艺术花园姹紫嫣红，是因为这个花园中有各色花。大兴先生的“我行我素”，是对艺术的创新，为艺术花园添了一朵花，繁荣了榕城的艺术花园。

画兰，看似简单，其实最见功力。与不少书画家谈起画兰，皆说，画好兰不易。一笔勾勒的叶姿各有风韵，墨韵浓淡皆显，看似了了数笔，满纸显出书卷气，有股清香沁人心脾。大兴先生以兰办展，以兰示人，足见他的功力。人们可通过他的一幅幅作品，看到气韵流畅的行书，闻到满是清香的幽兰。

大兴先生就职公安系统，担任基层领导，尚武与尚文集于一身。军中有“儒将”一说，照此说来，大兴先生可谓一名“儒警”。与之交谈，深感先生知识渊博，诗、书、画皆精，喜幽静，擅观察。闲时随手在微信发些自己的即兴短文，然又甚少见于报刊，用他自己的话说，自娱自乐也。与之交谈，即见从警者的刚毅，也可触摸到刚毅包裹着的文人之心，这心有些浪漫，既有“大侠”的豪爽，又有些陶渊明式的“闲淡”。

高人在民间，在基层。与大兴先生交谈，看了他的书画作品之后，更笃信了。基层有许许多多的同志在繁忙的工作之余，始终保持自己的兴趣爱好，持久地在艺术园地里耕耘，于经年累月间滋养了丰厚的艺术造诣，滋润自己的情怀。记得我曾工作的一个机关，六七十人中，既擅书，又擅画，还善篆刻，能办个展的就有三四人。也曾到过闽西深处的棉花滩电站，长年工作在大山深处的基层领导，写出的小楷作品，我与之相较，顿时汗颜。大兴先生也是一位藏于基层的“高人”。他们就像一坛深巷中的老酒散发着醇醇酒香，他们是一批生活于民间又有着艺术情怀的人。

福州市画院举办这样的个展，为“高人”搭建舞台，让藏于深巷中的“高人”的作品进入人们的视野，得到更多的人欣赏，这一举动，应当点赞。我也希望有更多的人常走进展厅，于欣赏间滋养文气。

大兴先生，自号三乐斋主人，乃福建省公安书协副主席、福建省书协会员、福州市书协理事。动笔写此文时，欣闻其连任福州市公安书画协会会长，诚挚祝贺，亦预祝办展成功。

在书写中享受中国诗词巅峰之美

金秋时节，每日晨起，坐于案头，将《人民日报》评出的中国历史上最高水平的四十首诗词书写了一遍，边赏边书，边书边赏。在赏与书中，享受中国诗词的巅峰之美。

四十首好诗词，是从纵贯几千年的浩瀚诗词海洋中挑选出来，用以铸就中国诗词的巅峰。诗词的赏读，就如同品赏大餐一样，不同的人审美感受不同，对诗歌的评价也会不同。也许有人认为，高出这四十首水平的诗词还很多，但是，它毕竟给我们垒起了一个他们认为的巅峰，可以让我仰望。

在书写中赏读，越写越觉得其意境之美，或歌山水田园，或咏边关大漠，或诉忧国忧民之情怀，或吟背井思乡之愁苦，或气势磅礴、豪放雄浑，让人荡气回肠，或低语沉吟、婉约细腻，余音缭绕。这些诗句，既有春秋时期无名氏之作品，也有近代毛泽东主席之佳作，然占比最大的还是唐诗宋词。我强烈感到，唐宋是中国诗词的峰中之峰。怀着景仰之心，叩读每一首诗词，叩拜每一位诗人词人。

在赏读中书写。晨时的书写，环境非常寂静，即使是天色微明时偶有鸟语潜窗，心也是平静的，没有琐务烦事。案桌上，一张不大的宣纸，一方盛着墨的砚台，电脑屏幕显示着四十首诗词内容，边低诵，边书写，既陶醉于诗词之意境，又沉浸于书法之多姿优美。中国诗词，中国书法，产生于中国大地，同出一源。这源，便是中国文字。有文字才让我们读到几千年前的“关关雎鸠”，有文字才有书法产生的基础。用中国书法书写中国诗词，给人绝配之感，诗韵与书韵的融合，升华了诗之美，也升华了书之美。中国诗词为中国书法提供了绝佳的书写内容，中国书法为中国诗词意境表达提供了绝佳方式。赏读，酝酿了书写情感，书写让赏读情感得以宣泄。我的书写，就是这样，在晨时的赏读中进行，似乎有一股山泉涌流，叮咚叮咚流淌心间，心愈加平静。笔尖流淌的墨，书出小楷，寄情而自娱自乐。此次书写，耗了近十个晨时。

天已破晓，就此搁笔，开始一天的事务吧。

感知城市温度，去读诗

己亥年末，新冠肺炎尚未蔓延，想到2020年7月第44界世界遗产大会将在享有“有福之州”盛名的福州召开，作为一个市民，我也在思考，应当为这样一件盛事做些什么呢？从央视的诗词大会中得到启发，运用自媒体的传播力，我将有关福州的古诗以书法的形式表现出来，展示给大家。我每日写一则，你每日读一则，我抄你读，我一直抄到遗产大会召开之际，你也一直读到遗产大会召开之际。后来，新冠肺炎突发，“我抄”的工作依旧进行着，“你读”的工作却没有展开。就这样，像独自品茗一般，自书自品，在书写中感受诗人笔下的福州，从诗歌中感知一座城市的温度。

福州是诗的都市。有诗浸润的都市有温度，有诗的都市浪漫温馨。福州建城至今两千两百多年，地理形胜，自古就有“东南都会”“江城福地”之称，号称“山川灵秀所都”。诗吟福地，福地吟诗。灵川秀水育文化，山川愈秀美，文化也愈灿烂，诗词歌赋也愈多，这似乎成了一条规律。诗是在自然风景与文人雅士的共同催生下产生的，灵山秀水往往吸引文人雅士抒情感怀，而文人雅士在抒情感怀中又升华了自然景观，实现了自然景色与人文景观的融合。我非常感佩。晋太康三年，严高为晋安郡首任太守，设子城，并建成了“三坊七巷”的雏形，从此，三坊七巷便成为官宦与文人的聚居之地，形成了以士人文化（仕宦文化）为特色的城市文明与儒雅氛围。在《福州通史》（简编）中有这样几段话：“当时来晋安郡但任郡守、郡丞的外地人士，颇有与文学关系密切者。”“乡人皆嗜学，太守复工文。”宋时主政官员引领地方文学的创作，成了闽中文学的领军人物。王审之主政时期，招纳、聚集大批本土和流寓入闽的文学之士，创作了许多颇有影响的作品。自宋以来，福州知府中的为官者本身就是文人雅士，程师孟以光禄卿出为福州知府，在福州为政三年，留下了不少诗作和“光禄吟台”题刻，“永日清阴喜独来，野僧题石作吟台。无诗可比颜光禄，每忆登临却自问。”当我读到这首诗的时候，专门又去了趟光禄吟台，在光禄吟台前品这首诗，体会程知府当时的愉悦心情。查阅了《三坊七巷志》，阅读其中诗词，宋以后吟咏福州的诗歌渐多。宋时曾巩不仅写下了《道山亭记》，还有诗篇《夜出过利涉门》：“红纱笼烛照斜桥，复观翚飞入斗杓。人在画船犹未睡，满堤明月一溪潮。”利涉门，在今天三坊七巷与朱紫坊的交结点上。读这首诗，让我穿越时光，看到了那个年代的福州安泰河的景象。诗情画意。读诗宛如赏画，我读每一首诗，眼帘浮现的都是画。“路逢十客九衿首，半是同胞旧弟兄。最忆市桥灯火静，巷南巷北读书声”这是宋人吕祖谦的《送朱叔赐赴闽中幕府二首其一》。不仅有景，而且有声，书声入耳，书香沁怀。又如明代诗人曾异撰《登样楼》“何处苍茫宽睥睨，登高客易豁穷愁。数千年事在双眼，十万人家第一楼。”样楼，便是我们今天所见的镇海楼。读这首诗时，我的脑海里呈现两幅图景：一幅是今天所看到的矗立于屏山之巅、夜色中灯火灿烂、在福州人心目极具分量的镇海楼。另一幅是看到诗人伫立样楼，举目望去一片苍茫。登斯楼浮想联翩，体会登临者触情生情而留下的诗作，可以感受到这座城市的变迁。诗是一个时代的产物，浓缩着历史的印迹，就如新冠肺炎突发，人们创作了大量诗作，吟咏抗疫天使一般，后人可以通过这些诗文来了解我们今天的抗疫斗争。诗不是无病呻吟，而是睹物思情、睹物抒怀的有感而发，读一首诗，都具有观物与览情的双重效果。要读懂一座城市，感受这座城市的温度，便去读诗。

吟诗是一种文化生活，是一种娱乐、一种消遣，而就是在这消遣娱乐中表现出诗人的情怀，看出诗人的境界。据《福州通史》介绍，清代福州诗人唱和结社，活动十分活跃，编辑刊印众多诗文集，文风盛极一时。清时吴建华《十砚先生歌》，其中便有“室中更喜吟伴多，饥来顿顿餐珠玉。砚癖不顾千金酬，诗成自谓万事足”。文人喜诗已经到了万事足的地步，可见诗在文人生活中的位置。明代董绍芳《光禄吟台》言“今日林泉盛壇坫，吟声犹绕荔枝风”，我仿佛闻到了诗的味道，看到诗的旺盛。近年来，福州梳理史志，出版了如《船政志》《三坊七巷志》《冶山史话》《烟台山史话》《福州内河史话》等一批史料，辟专章专节刊登本区域的诗文。从这些浩瀚的诗海，可见诗歌对这个城市、对文人生活的影响。沈岩主编的《航政志》中有这两段记载：一是“1875 年沈葆桢第二次赴台。赴台之前，于二月初八、初九两日大开吟局。聚集省城及船政诗人日夜吟唱，得诗千首。唱闭下船，鸣炮起航”。二是沈葆桢“经常在衙署组织诗会，邀请当地诗家折枝唱和。在《船司空雅集录吟约》中记载：“诸友齐集后，一人命题，一人限韵，彼此不相谋。每人少者五卷，多者十卷，每卷入钱八百文。作不及额，卷缺钱不缺。每局以一点钟为度，逾期不录。备书手多名，作者随完随缴随誊，以速为贵。誊写照作者人数，每人各得一分，阅定去取，各取其意，注以元眼花各名色。各人阅定后团坐一堂，按所取次第，高声朗唱，并报明此是何名色卷、奖钱若干。奖钱视入钱多少，第分就得若干，报以阅者，听其派给。另设一案，置题名单一纸，派二人专司此单。记明此一唱入钱若干、奖钱若干，皆注明于各名下。赢短不符，惟司单是问。”这段描述，让我比较清楚地了解了古人雅集的方法。雅集，作为诗人聚会娱乐的一种方式，也带有一定刺激性，通过时间和对诗作的认同决定奖钱，调动诗人的创作积极性。

诗为心声，诗言志，诗是融情生情的产物，诗是诗人的情感浓缩。当我吟诵这些诗歌时，有如与诗人的一次相会，对诗人情感的一次捕捉，会在阅读中感受到那个时代的闽都风土人情和诗人的家国情怀，感受到福州无处不风光。明代诗人陈亮的《冶山怀古》“东西屹立两浮屠，百里台江似带纡。八郡河山闽故国，双门楼阁宋行都。自古风俗归文化，几见封疆入版图。惟见越王城上月，年年流影照西湖”，读来，给人气势磅礴之感。诗人描绘的眼前是楼台湖月，表明千秋以降，江山未改，万古如斯，而楼阁城邑却屡经兴废，迭见变革，从而抒发对岁月逾迈、人事变迁的感慨。宋时龙昌期的《三山即事》“百货随潮船入市，万家沽酒户垂帘。苍烟巷陌青榕老，白露园林紫蔗甜”，《福州》“等闲田地多栽竹，是处人家爱读书。饮宴直尝千户酒，盘餐唯候两潮鱼”，还有宋代知州黄裳诗咏福州城内之水，“好是四州南下水，却随潮信入城来”。我读到这些诗，眼帘仿佛浮现了宋时的市井景象，我看到苍烟、巷陌、青榕，看到了内河上随潮水而入的船泊，听到了琅琅书声。清周绍元《后街灯市》

“福橘香中闹十分，狮球龙爪舞纷纷。我来光禄吟台望，万朵红莲拥火红”，清曾元澄《上元灯》“阿侬巧制赤球，到眼圆光分外明。记得看灯时节近，红丝高揭照人行”，读来，让人看到了三坊七巷元宵节的热闹景象，领略到了一张市俗图，吮吸到了浓浓的市井味。林则徐《赴戍登程口占示家人》“苟利国家生以死，岂因祸福避趋之”，清林旭的《福州寄内》“入关志气无能励，望远凭高莫自愁”，以及沈鹊应的《浪淘沙》“报国志难酬，碧血谁收？箧中遗稿目千秋。肠断招魂魂不到，云暗江头。绣佛旧妆楼，我已君休。万千悔恨更何尤。拚得眼前无尽泪，共水长流”，通过这些诗歌，我理解了“谋天下之永福“的意义。一首诗，似一朵浪花，浪花一旦汇聚，就会变得蔚为大观，就会是另一种艺术表现的福州图景。

诗与古厝有着千丝万缕的联系。习近平总书记在《福州古厝序》中写道：“保护好古建筑、保护好文物就是保存历史，保存城市的文脉，保存历史文化名城无形的优良传统。”一座古建筑，不仅自身具有建筑文化，更因其承载的文脉，使人们诸物思人，看到建筑，自然想起曾经生活于此的前贤，想起发生在这座建筑中的故事。古诗词中同样有着悠久的文脉。一座古厝，倘若缺了诗意，可以说便缺了古厝的魂，缺了人文情怀。古厝又是产生诗歌的地方。厅堂中，花园中，人们品茗论诗，相互酬和，添了雅趣，留下了如今我们可以读到的诗句。我读了《三坊七巷志》中的诗文，其中有清杨庆琛的《黄巷》《宫巷》，明董绍芳的《光禄吟台》等反映福州民俗如元宵花灯、划龙舟等的诗歌。读这些诗歌，有许多体会。通过读诗，认识了古迹的由来。《台江史话》中有十多首诗歌题为《越王台》，开始有些不得其解，越王山居于鼓楼，与台江又有何关系。后来读了《福州内河史话》方知，闽江在淮安头分流分为两江，一名乌龙江，一称白龙江。白龙江是因传说中闽越王余善在江北惠泽山南石台之上钓得白龙故称，越王钓得白龙的地方，也就便称为越王台。因为江临台，也称为台江。通过诗歌，还认识了许多至今天已经不存在的历史建筑。如清人赵新的《社集玉雨山房》、清人郑齐卿的《移居赛月亭》、明人曾仕鉴的《宿钟山寺》、清人沈葆桢的《题闽东仰止亭》……玉雨山房、赛月亭、钟山寺、仰止亭今何在，也许无处寻迹，然通过诗歌我们知道了它的存在。可以肯定地说，诗人所吟咏的建筑或名胜，如果保留至今，一定会成为名胜古迹。由于岁月变迁、城市的建设，一些建筑和名胜只能通过诗歌去了解它，去体验诗人寄于这些建筑与名胜的情怀。古厝与诗，不可分离，正如读了徐志摩的《再别康桥》，多少人到了英伦，就一定要去剑桥看看。反之，你到了康桥，就会想起《再别康桥》，就会情不自情地吟诵这首诗。诗与建筑，就是这样，不可分离。

腹有诗书气自华。福州之所以是一个有福之州，因为它是一个文气充盈的城市，是一个为诗歌浸润的城市。要品味这座城市，读诗去吧！我有时也在想着，什么时候能够举办一场福州版的诗词大会，那对人们了解福州这座城市将会有多大的推动啊！